Ver-te não é mais que uma injeção de sentimentos que o meu coração recebe.

Nuno Nogueira Silva

AMOR PERFEITO

Capítulo 1

Trabalho de Tomé

O despertador começava a tocar, eram sete da manhã, hora a que Tomé era acordado pelo seu fiel companheiro, da mesinha cabeceira, que não se calava até que se punha a pé. Um novo dia tinha acabado de nascer e com ele, todas as suas obrigações.

Tomé olhou o relógio, carregou sobre o botão para silenciá-lo, esticou os braços e as pernas e esfregou os olhos. Um ritual simpático de se mentalizar que estava na hora. Calçou os chinelos, ainda a meio a dormir dirigiu-se à casa de banho, abriu o chuveiro e tomou um banho rápido. De seguida dirigiu-se à cozinha e preparou o pequeno-almoço: ligou a máquina de café e pôs uma fatia de pão na torradeira. Pegou no comando da televisão, e enquanto o café se fazia ligou o canal das notícias para começar o dia a absorver cada pedacinho de informação.

– Impressionante! Só escrevem o que de mau se passa. Quando é que os títulos das notícias irão ser sobre coisas agradáveis – dizia Tomé em voz baixa.

Tomé andava sobrecarregado com trabalho era vendedor imobiliário; vendia apartamentos, terrenos e moradias, e tinha de organizar uma exposição numa feira de imobiliário que se ia realizar no próximo fim-de-semana na Exponor, onde muitas empresas do ramo estariam representadas.

O expositor a cargo de Tomé tinha como objectivo a venda de um empreendimento de apartamentos em Matosinhos na primeira linha da praia e de outros terrenos.

Eram oito da manhã e Tomé gostava de ser dos primeiros a chegar ao seu local de trabalho. Pegou na sua pasta, nas chaves do carro, bateu a porta e dirigiu-se para o elevador com destino ao parque de estacionamento.

– Bom dia, Sr. Tomé!

– Bom dia, Sr. Joaquim – respondeu Tomé ao vizinho que o acompanhava no elevador também com destino ao trabalho.

Tomé meteu-se no carro e seguiu em direcção ao escritório. Era a sua primeira feira e queria estar à altura.

O seu escritório situava-se no R/C no prédio em frente ao Norte Shopping. Estava-se no ano de 1999 e o país passava por uma fase de mudanças, quer a nível político, com as eleições autárquicas, quer a nível económico.

Tomé entrou no escritório, dirigiu-se à sua secretária e em seguida ligou o computador e passou pelo escritório do chefe.

– Bom dia, Sr. Bernardo! Tudo bem?

– Bom dia! Está preparado para a feira?

– Sim, acho que temos tudo para que corra bem. Falta agora esperar que tenhamos muitos clientes interessados.

– Certo, isso também é importante. Daqui a pouco vamos fazer um *briefing* e depois vamos levar algum material para a feira e ficamos a conhecer o local onde vamos montar o expositor.

– Está bem, Sr. Bernardo, vou até à minha secretária enquanto os colegas não chegam e já nos encontramos na sala de reuniões.

No escritório eram três vendedores: António Patrício, um homem de 40 anos com alguma experiência no ramo, vindo de outras empresas imobiliárias e com um vasto conhecimento em avaliações de terrenos e no acompanhamento ao cliente; Alfredo Monteiro, 28 anos, era solteiro e gostava de «viver o momento», passou por várias empresas onde sempre trabalhou ramo das vendas; e Tomé, que tinha 30 anos e estava na empresa apenas há seis meses.

– Bom dia, caro Alfredo!

– Bom dia, Tomé! Já vi que o chefe madrugou.

– Sabes, acho que ele também anda preocupado com a feira do fim-de-semana; já disse que íamos ter um *briefing* e depois arrancávamos para a feira para levar material e ficar a conhecer o local.

– Bem, falta chegar o António Patrício, por isso ainda temos tempo para um cafezinho. Acompanhas-me?

– Claro que sim, nada melhor que um cafezinho para acalmar a ansiedade.

– Ou despertá-la – respondeu Alfredo, brincando. – Então e ontem foste directo para casa? – perguntou.

– Não! Peguei no saco e fui ao ginásio primeiro; depois é que fui para casa. Jantei qualquer coisa e adormeci a ler um livro.

– E não saíste! Não acredito! Não fostes namorar?

– O meu namoro com Catarina chegou ao fim, acabámos... Já se passou um mês.

– Estás a brincar?

– Não. Cheguei à conclusão que estávamos há muito tempo juntos mais por amizade do que por amor, e decidimos acabar. – Tomé fixou por segundos o chão e pegou numa chávena de café. Falar de Catarina era ainda algo que o entristecia.

– Isso é o que tu dizes! Mais uma semana sem se verem e a saudade volta ao de cima e tudo volta a ser o que era!

– Não acredito. Desta vez a decisão está tomada. Aliás, como te disse, já passou um mês.

Tomé tinha namorado com Catarina durante sete anos.

Enquanto Alfredo conversava com Tomé, chegava António Patrício ao escritório.

– Bom dia.

– Bom dia, Sr. António.

– Meus senhores, aproveitando que estamos cá todos, está na hora de ir para a sala de reuniões – disse Bernardo.

– Tal como temos vindo a falar, esta feira é importante para nós, nela mostraremos não só este novo empreendimento, como também faremos publicidade à nossa empresa. Vamos tentar recolher alguns contactos.

– Vamos fazer vendas, marcar entrevistas e visitas aos apartamentos. Se os clientes se disponibilizarem para visitar é porque há interesse e nós vamos acompanhá-los – dizia Bernardo.

Nos seus discursos Bernardo Chaves transmitia muita motivação aos vendedores e era capaz de ficar horas seguidas a falar sobre estratégias de mercado.

– Muito bem, não me vou alongar muito mais. Existe uma escala, vamos segui-la para que tudo corra bem.

– Alguém tem alguma coisa a adicionar a esta reunião? Ninguém respondeu.

– Assim sendo vamos à feira levar umas últimas coisas e todos ficaram a saber onde estaremos.

– *Ok*! – responderam todos em coro.

A feira não era longe dali, e foram todos num carro depois de carregarem as ultimas coisas na mala do carro, uma maquina de café, umas garrafas de agua, uns catálogos, uns panfletos com alguns apartamentos em destaque, e umas caixas com uns brindes, e meteram-se a caminho.

– Cá estamos, é aqui que vamos ficar.

– A equipa da organização disponibilizou este espaço, já com uma secretária, uma pequena mesa, cadeiras e um armário. O resto trazemos nós e colocamos a nosso gosto – disse Bernardo.

– Parece ser um bom local – observou António.

– Estamos bem localizados, mesmo perto da entrada, e a uns duzentos metros daquela pequeno restaurante. Certamente não passaremos despercebidos, não achas António?

– Sim, isso é verdade, isso já joga a nosso favor!

– Temos o equipamento, temos o local, por isso vamos aproveitar ao máximo esta feira! Desejo-vos um resto de bom dia e não se esqueçam de seguir a escala! – advertiu Bernardo.

– Obrigado, Sr. Bernardo! Até mais logo. O homem está um pouco stressado ainda lhe dá uma coisa má! – comentou António.

A feira abria às dez horas da manhã de sábado. Faltavam dois dias e tudo estava a postos por parte da empresa imobiliária de Tomé. Restava agora esperar que o dia chegasse.

Capítulo 2

Local de trabalho de Sofia

Sofia trabalhava no Hospital em Almada, e tinha pedido há dois meses transferência para o Hospital de S. João, no Porto.

Por fim essa transferência tinha chegado. Queria sair dali para começar uma vida nova, agora que se tinha divorciado. Precisava de ficar longe de tudo, apenas com a sua filha por perto, e libertar-se do passado.

– Magda, agradeço-lhe por tudo. Nunca me esquecerei deste trabalho, que me tem ajudado a descarregar alguns fardos que carrego e das amizades que aqui encontrei.

– Sofia, não te deixes ir abaixo – dizia-lhe a chefe. – Olha para a frente e segue o teu caminho; não podemos ficar presos ao passado ou aos erros que cometemos. Tens uma vida pela frente, tens uma filha linda, a tua pequena Inês.

– Eu sei, mas eu aqui também encontrei uma família. Fiz imensos amigos e custa sempre virar as costas a tudo isto.

– Sabes, as amizades não têm de acabar só porque vais para mais longe; marcaremos jantares, fins-de-semana... Estaremos sempre juntas, nem que seja através de telefonemas.

– Eu sei – respondeu Sofia.

– Além disso, há coisas que, por mais longe que estejamos, não são esquecidas. Se, neste momento achas, que é altura de começar de novo, de sair, não olhes para trás. Vai em frente! Se não o fizeres, ficarás presa ao passado e deixarás que o medo se apodere das tuas decisões – afirmou Magda.

– Obrigada, mais uma vez. Vamos falando, como dizes, nem que seja pelo telefone.

– Já tens onde ficar quando lá chegares?

– Sim, nesta primeira fase vou ficar numa casa de uma amiga que também foi para o Porto trabalhar no final do curso; foi a única vaga que encontrou e por lá ficou. Depois de lá estar procurarei casa com calma.

– Está bem. Parece que ficas em boas mãos e tens tudo bem alinhavado para que corra bem. Cuida de ti e boa sorte! Alguma coisa, por favor, liga-me!

– Assim farei. Fica bem, Magda.

Sofia partiu a pensar nas palavras da sua amiga Magda. Sem olhar para trás, dirigiu-se à casa dos seus pais, apenas pegar nas malas, que tinha preparado no dia anterior, e na sua filha. Depois de algum tempo em casa a ultimar a viagem, foram para a estação de comboios de Santa Apolónia com destino ao Porto.

– Papá! Mamã! Parece que tenho tudo; agora é comigo, aqui começo um novo eu. Eu e a minha filha.

– Faz uma boa viagem e, quando chegares, liga-nos – disse o pai da Sofia.

– Assim farei.

– Sofia, não te esqueças: esta é a tua casa, o teu lar, és sempre bem-vinda. Dê a vida as voltas que der, és nossa filha – afirmou a mãe para Sofia, que a abraçou com muita força contra o seu peito para se despedir.

Ouvia-se a chamada de atenção nas colunas para a partida do comboio na linha três.

– Tenho de ir! O comboio não espera.

Sofia entrou para o comboio de mão dada com a pequena Inês. Olhou-a nos olhos e sorriu enquanto subia para o comboio, não dizendo uma palavra. O seu pai ajudou-a a colocar as duas malas dentro do comboio e depois saiu.

– Obrigada, papá. Sei que não concordas com a minha partida, mas preciso cortar o cordão umbilical.

– Eu sei, serás sempre a minha pequena Sofia, onde quer que estejas.

– Eu sei, mas estou bastante mais crescida – respondeu Sofia.

– Toma bem contra dessa pequenina.

– Assim farei! Cuida da mãe por mim.

Sofia ficou à janela a acenar aos seus pais e à cidade que a acolheu desde que tinha nascido. As lágrimas iam inevitavelmente caído pelo seu rosto. Mas Sofia era mesmo assim: determinada nas suas ideias. E se decidia uma coisa ia até ao fim, por mais que a tentassem dissuadir, o parecia que ainda era pior, pois ela ficava ainda com mais vontade de provar que estava certa. Assim que deixou de ver a estação, sentou-se no seu lugar, respirou fundo e disse:

– Vou começar tudo de novo, não cometer os mesmos erros. Levo o meu tesouro – a minha pequena Inês.

«Como serão as pessoas no Porto?», perguntava-se Sofia. «Dizem que as pessoas do norte são mais amistosas, mais próximas umas das outras; aqui em Lisboa quase não nos cumprimentamos na rua, porque não sabemos se vamos ouvir um «bom dia» ou um insulto. Se oferecemos um sorriso é um pretexto para se meterem connosco e pedir uma esmola ou ouvir um piropo», pensava.

A viagem correu dentro da normalidade; o comboio parava em todas as estações e havia pessoas que entravam e saiam. Parecia uma metáfora daquilo que se passa nas nossas vidas: conhecemos pessoas novas que vamos deixando entrar nas nossas vidas, mas que a dada altura são deixadas para trás como se ficassem numa estação. Se as nossas vidas cruzar esta estação então voltaremos a estar juntos. Senão cada um segue uma vida diferente.

– Chegámos, Inês. Chegámos ao Porto; à nossa espera vai estar uma amiga da mãe, a Cláudia, e iremos para casa dela uns dias, vais ter de te portar bem.

– Como sempre mãe – disse a pequena Inês.

Com uma resposta assim, Sofia apenas sorriu; sabia que não podia ser muito dura com ela. Nesta fase de mudanças também ela tinha deixado muita coisa para trás – os amigos da escola, os avós e o pai, – sem escolha.

– Sim, eu sei que te vais portar bem, mas só quis lembrar-te. Agora ajuda-me a levar as malas – Inês pegou no seu pequeno saco e seguiu a mãe como um pintainho atrás da sua galinha. Ao pôr os pés na estação foi logo avistada pela sua amiga Cláudia que a esperava na estação.

– Sofia, estou aqui! – gritava Cláudia.

– Olá, Cláudia!

– Olá, Sofia! Bem-vinda! Agora já tenho alguém para me fazer companhia em casa. É a tua Inês!? Como estás grande! Dá-me cá um abraço forte!

– Dá um beijo à Cláudia, Inês – disse Sofia.

– Como estás linda, Inês, e grande!

– Não vamos ficar aqui a fazer sala? Pois não?

– Tens razão, deixa-me ajudar-te a carregar as malas e vamos para minha casa; tenho o carro mesmo em frente à estação. E tu, como te sentes?

Sofia, Cláudia e a pequena Inês caminhavam em direcção ao carro, puxando as suas malas.

– Ainda tens o mesmo carro?

– Sim, não tem dado problemas! Como foi uma prenda do meu pai, quando entrei para a faculdade, sinto-me presa a ele.

Cláudia ajudou Sofia a meter as malas no e carro e arrancaram.

– Estou contente por estar aqui, sinto uma enorme força dentro de mim para recomeçar tudo de novo.

– Gosto de ouvir isso! – respondeu Cláudia.

– Quando chegarmos mostro-te a casa toda para ficares à-vontade. É a mesma de há cinco anos, quando vieste passar um fim-de-semana comigo, lembras-te? Foi uma antecipação da tua despedida de solteira, que fizeste na semana seguinte em Lisboa.

– Claro que sim! Como me iria esquecer! Nós as duas sozinhas no meio daqueles bares, éramos os centros das atenções. – respondeu Sofia rindo.

– Temos de voltar a sair, tenho um montão de amigos que te posso apresentar.

– Obrigada Cláudia, mas agora homens não; estou cheia. Quero apenas ficar no meu cantinho, eu e a minha filha Inês.

– Tens esse direito. Não o disse por mal, mas não te quero ver num canto a chorar por algo que não tens culpa.

– Sabes, com o tempo aprendi que a culpa não morre solteira; se calhar eu também errei nalgum lado. Um divórcio não é, por norma, só por culpa de um.

– Não te ponhas para aí a dizer asneiras; vamos falar de outra coisa, isso pertence ao passado e a minha avó dizia que não é muito bom andar a remexer o passado.

– Agrada-me a frase da tua avó, ela tem razão.

– Chegámos – disse Cláudia.

Saindo do carro, ajudou a sua amiga a levar algumas coisas para cima, abriu a porta e disse:

– Enquanto aqui estiverem façam da minha casa a vossa casa e fiquem o tempo que for preciso.

– Obrigada. Depois quero que me ajudes a encontrar uma escola para a Inês e uma casa para nós, já que conheces estes cantos melhor do que eu!

– Tudo bem, mas ainda temos tempo! Acabaste de chegar. Ficam neste quarto, mesmo ao lado do meu, ali é a casa de banho e depois deste corredor temos a cozinha.

– E eu onde vou dormir? – perguntou Inês, com a sua voz meiga e doce.

– Por agora dormes comigo na minha cama, depois vamos procurar uma casa para nós com um quarto para ti, que achas?

– Está bem, assim não terei frio, nem medo durante a noite, pelo menos enquanto dormires comigo.

– Sim, essa será uma das vantagens.

– Agora vou à cozinha pôr uma enorme piza no forno para nós, enquanto isso estejam à-vontade.

– Obrigada mais uma vez, Cláudia.

– Não precisas de agradecer. É bom ter-te cá, não estarei tão sozinha.

– Ainda bem, vou aproveitar para pôr a roupa que trouxe nos armários.

Sofia esteve no seu novo quarto a colocar tudo no lugar, enquanto a pequena Inês ficou a ver os desenhos animados na televisão da sala.

Depois de arrumar as malas, Sofia juntou-se à sua amiga na sala de jantar para ajudá-la a pôr a mesa.

– Que venha essa piza, que a mesa está pronta!

– Aqui vai ela, fujam da frente que está muito quente! Falta só a pequena Inês!

– Eu vou buscá-la.

Sofia foi à sala e trouxe Inês sem grande esforço. Piza era um dos seus pratos preferidos.

– Terás o dia de amanhã para assentar e depois de amanhã já vais para o teu novo trabalho.

– Sim, está programado ser assim.

– Estás preparada?

– Sabes, no início metia-me um pouco de medo, ia encontrar pessoas novas, mas agora sei que o que fazia no hospital em Almada é o mesmo que vou fazer aqui. Vou receber os doentes, encaminhá-los para as suas consultas, fazer curativos ou dar vacinas e, com tempo, as pessoas hão-de se habituar a mim e ao meu trabalho.

– Sofia, não te preocupes com isso; as pessoas aqui são mais próximas umas das outras, mais humanas, diria. E vais ver que vão aceitar-te facilmente.

– Espero que sim!

– Mas uma vez queimadas, não será fácil manter a amizade.

– Mas isso não me preocupa; como sabes, sou profissional e procuro não misturar as coisas.

– Pois, mas os doentes não nos vêem só como profissionais; por vezes vêem-nos como os seus salvadores, como um amparo à dor que tem.

– Vamos devagarinho, tudo vai correr bem.

– E tu Inês, o que achas? Gostas do Porto?

– Gosto! E na tua casa as pizas são muito boas.

– Sim, isso é só hoje porque amanhã temos sopinha também, não podes comer só estas «porcarias» – respondeu Sofia.

– Está bem, mamã.

Sofia ficou na conversa com Cláudia, a matar saudades. Há muito que não estavam juntas. Por volta das dez da noite, a pequena Inês, mal acabou de jantar, vestiu o pijama e foi-se deitar. As duas amigas ficaram no sofá a beber café e a conversar noite dentro, relembrando as peripécias da sua juventude e os últimos acontecimentos sobre o divórcio.

– Sofia, a partir de agora não se fala mais em tristezas, deixemos o passado para trás e pensemos apenas no futuro. Hoje nasce uma nova Sofia, livre.

– Sim, sem dúvida! Amanhã vou ver o infantário de que me falaste e acertar tudo, incluindo os horários, para ter onde deixar a Inês enquanto trabalho. E, entretanto, vou espreitando aqui e ali para ver se encontro um sítio para me instalar.

– Já sabes que podes ficar o tempo que quiseres.

– Eu sei e agradeço, Cláudia, mas ouviste a Inês, ela quer o quartinho dela, não está habituada a dormir na minha cama e precisa da independência dela, tal como eu.

– Não insisto mais. Seja qual for a tua decisão, terás o meu apoio. Bem, acho que me vou deitar que amanhã é dia de trabalho.

– Tens razão, vai deitar-te. Amanhã, ao acordares, deixa-me dormir mais um pouco; preciso de carregar baterias e depois ir à luta – disse Sofia sorrindo.

– Não te preocupes, costumo andar de pantufas, nem os gatos me ouvem.

– Por falar em gatos, onde está o teu gato?

– Bem, mandei-o para casa da mãe. Ainda não vivi a minha história de amor, mas não tenho pressa; estou bem assim.

– Boa noite, Cláudia. Até amanhã.

– Boa noite, Sofia. Dorme bem.

– Assim farei. Dormirei como um anjo ou, pelo menos, ao lado do meu anjinho, a minha Inês.

Ambas se foram deitar. Sofia ficou deitada na cama, a olhar para o tecto enquanto o sono não chegava. Na sua cabeça tentava ordenar o seu dia de amanhã.

Capítulo 3

A feira

Às oito e trinta da manhã o despertador de Tomé tocava. Era o dia da feira imobiliária. Tinha de estar na feira às dez. Se ele se atrasasse, o Sr. Bernardo ia lá estar e, em vez de café, ia ter chá sem açúcar à sua espera. Levantou-se, tomou banho e foi em roupão à cozinha preparar o seu pequeno-almoço.

Envergou um dos seus melhores fatos – a ocasião merecia – e saiu de casa. Faltavam cinco para as dez quando Tomé pôs os pés na feira.

– Bom dia, Sr. Tomé. Preparado para começar o dia?

– Bom dia, Sr. Bernardo. Sim, estou preparado. Vamos ver o que nos espera neste dia. Vejo que o Sr. madrugou!

– Sim, quis estar aqui para a abertura. Vai cá estar muita gente importante e quero aproveitar para falar com algumas pessoas. Posso cruzar alguma informação do mercado. Mas não vou ficar por muito tempo, vou só dar uma voltinha por aí e depois vou-me embora. Agora já tenho quem fique aqui – disse Bernardo sorrindo.

– Por mim esteja à-vontade.

Às dez horas a feira abriu portas e algumas pessoas começaram a entrar, passavam pelos expositores e pegavam nalguns panfletos informativos, comparando a localização, as dimensões e os preços de apartamentos. Mal alguém perguntava se precisavam de ajuda, iam-se desviando, desculpando-se e dizendo que estavam apenas a ver.

– Muito bom dia! Posso ajudar? – perguntou Tomé.

– Diga-me quanto custa o apartamento aqui anunciado.

– Este apartamento tem uma boa localização. Se preferir, podemo-nos sentar-nos e ver mais pormenores. Estamos a pedir por ele vinte e seis mil contos – respondeu Tomé.

– Sim, podemo-nos sentar. Mas diga-me, está aqui tudo? As dimensões do apartamento, as condições...

– Sim, se reparar diz aí em baixo. Mas se tiver alguma dúvida, por favor, disponha.

– Então, depois se eu estiver interessado passo aqui novamente.

– Deixe-me dar-lhe o meu contacto. Vamos estar cá até ao final da feira, ou seja, nos próximos oito dias. Se preferir, pode visitar o nosso escritório que fica aqui bem perto, em frente ao Norte shopping.

– Com certeza. Muito obrigado e até a uma próxima!

– De nada, até uma próxima – despediu-se Tomé.

Tomé distribuía panfletos com informações sobre os apartamentos e terrenos que a sua imobiliária tinha para vender. Às 15h30 o cansaço já se fazia sentir. Tomé ia observando as pessoas que passavam nos corredores da feira.

Algumas pessoas com apartamentos em prédios ali perto da área de venda perguntavam o preço para avaliarem o seu próprio apartamento ou terreno, depois faziam comparações. Tomé ouvia algumas pessoas comentarem que os apartamentos estavam muito mais caros do que quando tinham comprado os seus, esquecendo-se que uma construção nova e uma construção antiga têm condições bastante diferentes.

«Só espero que as oito horas cheguem rápido para eu me pirar para casa, já boto feira pelos olhos», desabafa Tomé em pensamento.

O telefone toca, Tomé olha para o visor antes de atender; era o seu chefe, Bernardo. Com certeza, queria saber como estava a correr a feira.

– Sim, boa tarde – respondeu Tomé cordialmente.

– Boa tarde, Tomé. Como estão a correr as coisas por aí?

– Sr. Bernardo, está muita gente, disso não nos podemos queixar. Já falei com algumas pessoas e tenho duas marcações para visitar o andar modelo. Um casal pareceu-me mesmo interessado.

– Muito bem, Tomé. Continue assim, nada de baixar os braços! Se essa gente foi aí não foi para comprar arroz, pois disso nós não vendemos.

– Certamente chefe. Tenho publicitado a nossa agência para tentar alargar a nossa carteira de clientes.

– Continuação de um bom trabalho. Alguma coisa que precise, por favor, ligue-me que estou disponível para ajudar.

– Obrigado, Sr. Bernardo. Assim farei.

Entretanto, Tomé avistava ao longe, ao cimo da escadaria, uma mulher com os seus trinta anos, que o fez deixar de prestar atenção ao telefonema. Era loura, de cabelos encaracolados, com um metro e sessenta e uma pele muito clara. Trazia um vestido branco, não muito comprido, com umas tulipas azuis estampadas, como se ela aparecesse do meio de um jardim. Com ela estava outra mulher – uma amiga ou familiar – e uma menina pequena, talvez com quatro ou cinco anos, com um vestidinho que a fazia parecer uma pequena boneca.

– Meu deus, que mulher linda! Parece um anjo – disse Tomé em voz alta enquanto segurava o telefone com mão e seguia com o olhar cada passo daquele anjo. Tudo à sua volta deixou de fazer sentido.

– Diga Tomé?

– Sr. Bernardo, fique descansado que se precisar de alguma coisa, eu ligo. – Antes que pudesse dizer alguma coisa mais, desligou Tomé.

Com o telefonema despachado, Tomé podia concentrar-se naquilo que os seus olhos tinham visto, mas enquanto desligava o telefone e o guardava no bolso do casaco, perdeu o rasto daquela imagem hipnotizante. Olhou em todas as direcções, mas nem sinal daquela linda mulher.

«Que estupidez! Tenho de me concentrar, no que estou aqui a fazer. Mas que mulher... quem me dera conhecê-la! Tenho de trabalhar», pensava para si.

Tomé pegou nuns papéis da sua secretária e ordenou-os. Voltou a pegar nuns panfletos para colocar no expositor e sentou-se à secretária. Bebeu um pouco de água e voltou a distribuir os seus cartões. Estava entretido com as suas funções como se estivesse no modo automático, o seu cérebro comunicava com o seu coração dando uma lembrança do vira, foi quando, de repente, uma voz meiga e doce por detrás dele o chamou.

– Boa tarde.

– Boa tarde. Em que posso ajudar? – Virando-se para responder.

– Preciso de umas informações sobre estes apartamentos aqui no panfleto.

Tomé não queria acreditar no que os seus olhos viam: aquela mulher que o hipnotizou por segundos estava ali diante dele. Tomé dirigiu-se a ela. Parecia que alguém tinha ouvido as suas palavras silenciosas que expressavam o seu desejo por conhecê-la. Ele estava sem palavras e se não fosse a sua experiência no ramo, talvez nem tivesse conseguido manter uma conversa, dado ter ficado bastante nervoso.

– Com certeza. O meu nome é Tomé. Por favor, vamos sentar-nos ali naquela mesa para podermos conversar mais à-vontade.

– Sofia. Muito prazer.

Tomé acompanhou as duas mulheres às cadeiras e, depois de se sentar, colocou o panfleto no centro da mesa.

– Muito bem, posso oferecer-lhe, uma água?

– Obrigada, mas não quero.

– Eu quero água, mamã – respondeu a menina.

– Claro que sim, vou já buscá-la!

– Aqui está. Como te chamas?

– Inês – respondeu a pequena.

– Bonito nome. Trouxe-te também uma caixa de lápis de cor para que possas fazer uns desenhos nestas folhas.

– Obrigada.

– D. Sofia, antes de mais, que tipo de apartamento procura? Um T2 ou T3?

– Esqueça o «dona»! Por favor, só Sofia; não me faça sentir velha!

– Peço desculpa, foi sem essa intenção.

– Não faz mal. Neste momento procuro um T2, mas preciso de ter em consideração o preço.

– Como pode ver, temos estes T2 em Matosinhos, na primeira linha da praia. Ainda está em fase de acabamento, o que lhe possibilita a escolha das tijoleiras e das madeiras, assim como outros acabamentos ao seu gosto, nomeadamente a cor dos quartos, da sala e da cozinha.

– Essa parte é, sem dúvida, muito importante. É muito melhor quando o toque final é nosso – afirmou Sofia.

– Daqui a um mês já é possível fazer escritura. Ali bem perto há um infantário e uma escola, caso pretenda colocar lá a sua filha.

– A proximidade a um infantário é, sem dúvida, uma mais-valia. Essa é uma questão a que dou importância.

– Estamos a falar de um apartamento com 160 m2, com divisões grandes e uma cozinha com balcão ao centro, toda equipada, e com arrumos. Tem uma casa de banho, um dos quartos, é uma suite e a sala tem lareira. Uma das paredes da sala é toda em vidro, o que permite que o espaço tenha muita luminosidade. E tem aquecimento central em toda a casa.

— Pelo que aqui se vê no andar modelo, é, sem dúvida, muito bonito. Gostava de ir visitá-lo. Assim também conheço a área envolvente.

— O preço destes T2 é de vinte e seis mil contos, com oferta da escritura.

— Agrada-me que tratem da papelada. Nunca tenho tempo para nada.

— Se me permite, fico com o seu contacto e podemos agendar uma visita ao andar modelo. E se lhe agradar, mostro-lhe os apartamentos disponíveis.

— É uma boa ideia. O que é que achas, Cláudia?

— Parece-me excelente, mas nada como veres com os teus próprios olhos.

— Sim, mas gostava que viesses também. — E dirigindo-se a Tomé explicou — Tenho de ver com a minha amiga Cláudia quando é que podemos ir visitá-lo.

— Não tenho de ir obrigatoriamente. Tu vais vê-lo e se gostares depois tenho tempo de conhecer o apartamento — respondeu Cláudia.

— Sim, tens razão. — Virou-se para Tomé — Eu depois ligo-lhe, Sr. Tomé, para irmos visitar o apartamento. Contudo, pedia-lhe que me desse — se tiver — mais alguma informação adicional que possa levar para ver com calma.

— Aqui tem uma cópia da planta de um dos apartamentos, disponível no terceiro andar, e o meu cartão com o meu contacto. Alguma questão, por favor, disponha.

— Sr. Tomé, muito obrigada pela sua atenção. Durante a próxima semana, entrarei em contacto consigo.

— Por favor, trate-me por Tomé; o Senhor está no céu — disse Tomé rindo da sua piada.

Tomé tinha uma forma muito própria de brincar com as situações. Era uma forma de pôr os seus clientes um pouco mais à-vontade, numa tentativa de criar alguma empatia.

— Muito bem, Tomé. Até para a semana!

— Fico a aguardar o seu contacto, mas antes deixe-me dar-lhe uma camisola e um balão de lembrança para a pequena Inês, que se portou muito bem.

— Obrigada, é muito simpático. Como se diz filha?

– Obrigada – respondeu Inês com um enorme sorriso nos lábios, como se já conhecesse Tomé há muito tempo.

Ali ficou Tomé, fixado naquela imagem linda e deslumbrante, possuidora de uma simplicidade e uma simpatia enorme. Tomé ficou a vê-las partir: Sofia, a pequena Inês e a sua amiga Cláudia.

– Que mulher linda, tão simpática! Ai, se eu fosse solteiro! – disse Tomé para si mesmo rindo. Claro que era solteiro. Podia sempre gozar da liberdade de um rapaz jovem e desimpedido, agora que o seu coração já não pertencia a Catarina, sua ex-namorada.

Tomé ficou a distribuir panfletos e a responder a questões sobre apartamentos, a dar preços e a apresentar propostas de venda até às vinte horas. Depois foi para casa tomar um banho para voltar a sair; era sábado à noite e tinha marcado no bar do costume encontrar-se com os amigos para uma partida de *snooker*.

Capítulo 4

Visita do Apartamento

O resto do fim-de-semana correu normalmente. Tomé passou a maior parte do tempo na feira, atendendo clientes e dando informações os imóveis que estavam à venda.

Eram oito da manhã e o despertador já tinha tocado. Uma vez, mas Tomé deixou-se ficar mais um pouco na cama, espreguiçando-se para um lado e para o outro, puxando os lençóis para se cobrir. Aos poucos foi se levantando, puxando um braço, depois uma perna e lá se pôs em pé. Ainda se estava a vestir quando o seu telefone tocou. Eram 8h45.

«Começa cedo hoje», pensou Tomé.

– Estou sim?

– Sr. Tomé, bom dia! O meu nome é Sofia. Não sei se está lembrado de mim; estivemos a conversar na feira sobre a compra de um apartamento.

– Sim, lembro-me perfeitamente. – Como podia Tomé esquecer, aquele rosto, com cara de anjo.

– Se calhar é um pouco cedo, mas para quem fez noite, perde um pouco a noção...

– Não, não é cedo. Já estou a pé há muito tempo – mentiu Tomé.

– Pois bem, como tinha dito, eu queria visitar o apartamento e hoje de tarde, logo a seguir ao almoço quando sair do turno, dava-me jeito. Pode ser depois das 14h00?

– Por mim, tudo bem. Não tenho nada marcado.

– Assim sendo, fica combinado. Só falta marcar um local para nos encontrarmos.

– A Sofia é enfermeira, correcto? Onde trabalha?

– Nas urgências do Hospital de S. João.

– Assim sendo, podíamos encontrar-nos num café que existe uns metros à frente do hospital, do outro lado da rua, o Recanto.

– Para mim seria óptimo, uma vez que ainda não tenho carro cá.

– Está combinado, D. Sofia. A partir das 14h30 estarei no café à sua espera.

– Sofia. Por favor, trate-me por Sofia. Não gosto desse «dona».

– Pois, já me tinha dito. Peço desculpa, é do hábito.

Tomé desligou o telefone, respirou fundo e fechando os olhos disse:

– Meu deus, que andas a tramar! Será algum teste? – Tomé acabou de se vestir e seguiu para o escritório.

– Olá, bom dia!

– Bom dia, Tomé – respondeu Alfredo.

– Já perguntaram por ti hoje.

– Quem perguntou por mim?

– O chefe. Queria saber se tinhas feito alguma coisa com os contactos da feira.

– Bem, na realidade ainda está tudo muito verde, mas estou a marcar visitas a andares modelo.

– Estás como eu, mas sabes como é o chefe.

– Sim, eu sei. Esperemos que consiga alguma coisa logo à tarde; tenho de ir mostrar um apartamento.

– Esperemos que sim; é bom para ti e para nós – respondeu Alfredo.

Tomé sentou-se na secretária, abriu a agenda, fez uns telefonemas e depois saiu para almoçar.

Às 13h30m entrava no Recanto para tomar um café. Sentou-se numa mesa vazia ao canto. Ele adorava aquele café por ter muita luz; parte das paredes eram em vidro. O espaço era gerido por três jovens e tinha uma decoração moderna; poucos quadros na parede, apenas um plasma, sintonizado na MTV. Sentado numa mesa, Tomé observava as pessoas que entravam e saíam; gente apressada e gente relaxada tomava o seu café, antes de voltarem ao trabalho. Da parte de fora, via-se a pressa dos automobilistas e as ambulâncias com as sirenes ligadas.

– Olá!

– Olá, Pedro! Senta-te, pago-te um café.

– Que coincidência! – Pedro era um dos seus melhores amigos. – Hoje não se faz nada?

– Achas? Estou à espera de um cliente – respondeu Tomé com um sorriso. – Vou ver se chegamos a acordo; mostrou-se muito interessado e quer visitar o apartamento.

– Isso é bom sinal!

– Sim, mas vamos ver no que dá.

Pedro trabalhava numa empresa de informática, dividido entre o escritório e a assistência a empresas em formação.

– E tu, como vai isso? – quis saber Tomé.

– Sabes como é, sempre a correr de um lado para o outro. O que mais me aborrece é ter de explicar a mesma coisa duas e três vezes e depois ainda me ligam para corrigir alguma coisa no computador, ou para perguntar sobre este e aquele programa, como se eles tivessem pernas para andar! Qualquer coisinha que esteja mal para eles a melhor forma de resolver é formatando – contava Pedro enquanto desatava a rir.

– Para isso é que há os profissionais da informática, não é?

– Sim, é verdade. Quanto mais dificuldades tiverem, mais garantido está o meu futuro. Ainda me ponho por minha conta um dia destes!

– Se achas, que estás preparado e sentes que o mercado te pode oferecer essa segurança, porque não?

– Toda a gente hoje em dia tem de usar computadores; quem não usa está ultrapassado. Bem, tenho de ir. Chega a minha hora e não me posso dar ao luxo de andar a passear os clientes para mostrar apartamentos.

Tomé ficou a ler o jornal para ficar a par das notícias mais recentes, sobretudo as desportivas. As restantes, lia-as na diagonal. Foi desfolhando o jornal, para matar tempo, ate que olhou para o relógio e eram 14h45.

– Parece que está atrasada.

– Olá, Sr. Tomé! – Sofia acabava de chegar. Vestia uma blusa branca e um casaco que lhe ficava um pouco abaixo da cintura, umas calças azul-escuras e trazia os seus cabelos louros presos num rabo-de-cavalo.

– Desde já, desculpe o atraso. Para me pôr aqui a esta hora tive de correr um pouco.

– Olá, D. Sofia! Não há problema, eu aproveitei para tomar café. Toma um também ou quer ir já ao apartamento?

– Confesso que estou ansiosa por ver o apartamento, mas tenho tempo para um café. – Tomé fez sinal ao empregado para trazer mais um café. Enquanto Sofia se sentava, ele observava-a.

– Chega de hospital por hoje ou ainda vai ter de voltar? – perguntou Tomé para fazer conversa.

– Não, por hoje já chega. E ainda bem que estou mesmo cansada.

– Qual é a sua especialidade? – perguntou, enquanto dizia em pensamento «Como é linda! Tão simples e meiga...»

– Sou enfermeira; estou nas Urgências. Na realidade, estou no Porto há pouco tempo, daí estar à procura de casa. Por enquanto estou a viver na casa da minha amiga Cláudia, que me acompanhou à feira. Nesta fase. Pedi transferência do Hospital Garcia da Orta para aqui e vim calhar às Urgências. Gostava mais de trabalhar na Maternidade. Era mais reconfortante... não tinha de lidar tanto com a morte. Assistia ao nascimento de vidas... Perco a cabeça com crianças. Por mim, tinha mais filhos para além da Inês.

– Vê-se que tem mesmo muita paixão pelo que faz.

– É verdade, escolhi mesmo o que mais gosto de fazer. E o Tomé tem crianças?

– Não, ainda não chegou o momento.

Sofia ia enfeitiçando Tomé com o timbre da sua voz. Ele estava determinado a vender aquele apartamento, mas sentiu-se sem pressa. Sentia-se embalando pelas palavras de Sofia.

– Eu tenho a minha pequena Inês e ela preenche-me muito o pouco tempo que tenho disponível; ela é a minha razão de viver.

– As crianças têm essa particularidade de nos surpreender a cada minuto e também de nos esgotar com a sua energia – que parece interminável.

– Mas continuemos esta conversa pelo caminho, vamos ver o apartamento – propôs Sofia.

– Sim, claro.

Tomé pagou os dois cafés e dirigiram-se para o carro.

– Fica longe daqui?

– Não, estamos a dez minutos de carro. Vai ver que vai gostar!

– Espero que sim, não terei de andar a ver mais casas ou apartamentos; confesso que não me agrada a ideia de andar a perder muito tempo com isto.

– Tenho a certeza que a Sofia vai gostar. É impossível não gostar daquele apartamento.

– Espero que tenha razão.

– Também num instante se trata da escritura e da restante papelada. E depois é uma questão da Sofia dizer ao empreiteiro o que pretende ao nível de acabamentos e em poucas semanas estará na sua nova casa.

– Se eu gostar!...

– Sim, claro! A última palavra é sempre sua.

Tomé estacionou o seu carro em frente ao prédio. Ficava à boca da praia, numa zona com poucas construções. Os passeios acompanhavam as dunas da praia.

– Chegámos, Sofia! Como pode ver, a vista é magnífica. Mesmo que um dia se construa em frente, nunca ficará sem vista para o mar porque a construção em altura do outro lado da estrada é proibida, conforme consta no PDM.

– Ainda bem! Porque ter uma casa à beira-mar e não conseguir vê-lo seria muito ridículo!

– Sem dúvida! Partilho da mesma opinião. Mas vamos subir? Como tinha dito, um dos apartamentos que ainda está disponível é o terceiro esquerdo, mas primeiro podemos ver o andar modelo e depois o que está disponível.

– Não, se não se importa, prefiro ver primeiro o apartamento do terceiro esquerdo que está disponível. Depois, se me agradar, vemos ver o andar modelo.

– Por mim tudo bem! Vamos lá subir, então!

– Consegue ser sempre assim?

– Assim como?

– Pôr as coisas de uma forma tão simples, como se a compra do apartamento já estivesse feita!

– Acho que devemos encarar as coisas pela positiva. Se o fizermos, a probabilidade de acontecer é maior.

– Nunca tinha visto isso dessa forma, mas tem a sua lógica – concordou Sofia.

Tomé ia à frente a indicar o caminho e alertá-la para onde devia colocar os pés, uma vez que no prédio ainda decorriam alguns trabalhos. Subiram até ao terceiro andar, Tomé abriu a porta da entrada e fez-se sentir a brisa do mar a entrar pelas janelas do apartamento.

– Aqui estamos! Faça favor de entrar.

– Muito obrigado. – Sofia entrou e Tomé deu-lhe a passagem, ficando a ver a sua reacção. Ao passar, ele sentiu-lhe o seu perfume, suave e doce, com aroma fresco, e não ficou indiferente. Inspirou fundo, enchendo os pulmões com aquele perfume estonteante.

– Tem mesmo muito espaço, como tinha referido – disse Sofia.

– É verdade, como pode ver tem mesmo muito espaço. E ainda está vazio; imagine como ficará com as mobílias...

– Acredito que sim – Sofia sorriu em direcção de Tomé, acenando com a cabeça.

Ela chegou-se perto da janela, revelando um sorriso de satisfação – estava a gostar do que via. Olhou lá para fora, para apreciar a paisagem, ver o mar. Depois fechou os olhos e respirou fundo. Parecia transmitir uma paz enorme, como se fosse levantar voo. Levantou a mão, levou-a à cabeça e, num gesto rápido, soltou os seus cabelos loiros, abanando-os em várias direcções, como um gesto de libertação. A presença dela ali parecia a Tomé a presença de um anjo.

«Ela é tão, mas tão bela», pensava Tomé.

Tomé achava, que mesmo calada, Sofia conseguia cativar qualquer homem, mas aquele sorriso era a sua arma.

A luz incidia sobre ela fazendo reflectir ainda mais o brilho dos seus cabelos louros, que pareciam misturar-se com o sol. Tomé, permanecendo à entrada da sala, admirava cada gesto, enfeitiçado pela sua beleza. Estava completamente hipnotizado por aquela imagem de perfeição.

Da janela vinha um vento leve que trazia até ele o perfume de Sofia. Ia-se aproximando de cada vez que sentia que o perfume lhe fugia; gostava daquele cheiro e, como quem procura uma droga, perseguia-o. Mas não ousou perguntar que perfume era aquele, deixando que ela percorresse o apartamento todo.

– Raramente, me engano, e penso, que a Sofia adorou o apartamento.

– Sim, confesso que sim. Era mesmo isto que eu procurava. Mas tem de fazer um preço melhor...

– Adoraria poder fazer-lhe um preço melhor, mas como lhe disse já oferecemos as escrituras e pode também escolher as tijoleiras e as cores das paredes. Isso deixa-me sem margem para lhe fazer um preço mais baixo.

– Acredito que sim – disse Sofia, com um ar pensativo.

– Diga-me, o que precisa para eu ficar com o apartamento? – perguntou Sofia. – Não gostava de andar muito tempo para trás e para a frente. Sofia era determinada nas suas decisões e confiava nas pessoas.

– Preciso dos documentos normais... o bilhete de identidade, a declaração IRS para mandar para o banco para formalizar o contrato de financiamento – explicou Tomé ainda um pouco admirado com a rápida decisão de Sofia.

– Eu fico com o apartamento; pode tratar da documentação.

– Nesse caso, se não se importa, depois de acabarmos a visita ao apartamento, vamos ao meu escritório e formalizamos lá tudo.

Tomé procurava mostrar-se indiferente ao efeito que aquela mulher tinha sobre ele. Era algo que nem ele sabia explicar; uma espécie de feitiço provocado pela sua beleza, pela sua voz e pelo seu perfume.

Desceram as escadas em direcção ao parque de estacionamento onde estava o carro de Tomé.

– Acha que faço uma boa compra? – perguntou Sofia.

– Ter uma casa à beira-mar é o sonho de qualquer pessoa. Penso que está a comprar um sonho: uma casa nova, com todas a comodidades e, nessa perspectiva, é uma boa compra.

– Então o Tomé é um vendedor de sonhos – Sofia sorriu e mais uma vez fixou o olhar em Tomé.

– Nunca me tinham dito isso. Acho que não, apenas faço o que faço para ganhar a vida. Confesso que gosto do que faço e é bom saber que realizo os sonhos de alguém – respondeu Tomé rindo.

Deixando para trás o prédio onde se situava o apartamento que tinham visitado, dirigiram-se para o escritório de Tomé, onde iriam tratar de todos os trâmites legais que a compra de um imóvel implica.

– Chegámos ao nosso escritório!

– Ah! Então é aqui!

– Digamos que é a nossa base. Obviamente que muitas vezes estamos naquele pequeno escritório que, certamente, viu na entrada do prédio, à espera dos clientes.

Tomé abriu a porta da entrada do escritório, dando passagem a Sofia e mostrando assim o seu cavalheirismo.

– Por favor, Sofia, sente-se. Vou precisar do seu Bilhete de Identidade…

– Claro, aqui está.

– Vou tirar uma fotocópia. Posso oferecer-lhe um café?

– Sim, obrigada. Um cafezinho vinha mesmo a calhar.

Tomé levantou-se e foi buscar um café.

– Aqui está, agora vou tirar a fotocópia.

Ao pé da fotocopiadora, observava cada gesto de Sofia, a forma como colocava o açúcar e mexia o café.

– Olá, Tomé! Quem é? – perguntou António ao ouvido de Tomé.

– Olá, António! Tudo bem? É uma cliente a quem fui mostrar um dos apartamentos daquele prédio de Matosinhos, junto à praia.

– Uma cliente!? E que cliente! Também eu lhe mostrava o apartamento que ela quisesse.

– António, tento na língua! É apenas uma cliente – respondeu Tomé lançando-lhe um olhar sério.

– *Ok*, estava só a brincar. Mas ela é mesmo bonita.

Na verdade, toda a gente do escritório tinha reparado na entrada de Sofia, uma mulher muito bonita e elegante.

– Aqui estou novamente, já pode guardar o seu BI, enquanto, termino de preencher os restantes papéis.

– Já está! Aqui tem uma cópia.

– Obrigada. E agora o que fica a faltar?

– Ficam a faltar apenas estes documentos para entregar no banco e emitir o contrato de financiamento nas condições combinadas.

– E quando tenho de entregá-los?

– Se puder reunir tudo hoje, encontramo-nos amanhã. Parece-lhe bem?

– Amanhã pode ser à mesma hora de hoje? No café Recanto?

– Sim, por mim dá perfeitamente.

– Tomé, muito obrigada e até amanhã – despediu-se Sofia estendendo a mão para cumprimentá-lo.

Sofia saiu do escritório e Tomé seguiu-a com o olhar, ficando ali em pé imobilizado.

– Tomé? Acorda! Ela já se foi – disse António sorrindo.

– Ah, ah, ah! Muito engraçado – respondeu ele com ar irónico.

– Calma, não te ofendas.

«Será que toda a gente notou que estava embasbacado por ela? Ou pior: será que Sofia se apercebeu?», pensava Tomé. «Pouco importa! O mais importante é que a venda do apartamento está feita e o resto deixemos nas mãos do destino.»

– Meus senhores, até amanhã! Para mim, já chega por hoje!

Tomé dirigiu-se ao carro a pensar em Sofia. Aquela mulher tinha mesmo mexido com ele. Tomé cheirava a sua mão para ver se ainda tinha o cheiro dela na sua pele, mas o seu perfume praticamente já não se fazia notar. Entrou no carro, ligou o rádio nas alturas e dirigiu-se para casa, conduzindo com um sorriso nos lábios.

Sentia-se nas nuvens. Aquela mulher era tudo o que tinha desejado na vida. Era como encontrar a perfeição da beleza. Uma mulher linda com uma pele de anjo.

Capítulo 5

Compra de Apartamento

Sofia chegou a casa de Cláudia muito contente. Tinha comprado o seu apartamento e tinha de dar a notícia.

– Cheguei! Está alguém em casa? – Ninguém respondeu. Eram cinco e meia da tarde, Cláudia ainda não tinha chegado e Inês só saía da escola às seis horas. Pegou no telefone e ligou para os seus pais; tinha de partilhar com alguém a novidade.

– Olá, mamã!

– Olá, Sofia! Que agradável surpresa, pensei que não ias ligar mais.

– Não posso ligar a toda a hora. Isso é tudo saudades nossas?

– Sabes bem que sim, minha filha.

– Sabes porque te estou a ligar?

– Não, não me digas que aconteceu alguma coisa.

– Calma mãe, não aconteceu nada. Quer dizer, está tudo bem, mas aconteceu uma coisa.

– Sofia, diz rápido antes que me dê alguma coisa má.

– Eu acabei de comprar a minha casa!

– Já compraste? Assim sem mais, nem menos! Quando o teu pai souber vai dizer que devia ter ido contigo porque uma compra dessas obriga a algum cuidado.

– Pois, para o pai eu serei sempre pequenina, mas já não sou. E, sim, comprei aquele apartamento de que te tinha falado, junto a praia. As fotografias que vi não faziam jus ao espaço; foi paixão à primeira vista.

– Junto à praia… É preciso cuidado com a Inês … Tanta gente que morre afogada…

– Mãe, não digas disparatestes! Todos os dias morrem pessoas em acidentes. E ela estará comigo no apartamento; a praia só fica do outro lado da rua.

– Bem, tenho medo da água.

– Não liguei para ficares inquieta, mas, sim, para dar a boa notícia. Depois podem vir mais vezes ver a Inês! Haverá sempre espaço e uma vista fabulosa.

– Da maneira que falas, parece que te vais mudar amanhã! Estás mesmo muito feliz. A última vez que me lembro de te ver assim foi quando te ias casar.

– Bem, isso já foi há muito tempo. Agora o que me interessa é a minha filha. E estou contente com a decisão que tomei.

– Ainda bem, minha filha! Isso é o mais importante.

– Agora tenho de ir; está na hora de ir buscar a Inês. Manda um beijo meu ao papá e diz-lhe que tudo está bem.

Sofia desligou o telefone e saiu de casa de Cláudia a correr em direcção à escola.

– Olá, boa tarde! Vinha buscar a minha filha – disse Sofia para a empregada da escola.

Sofia aguardou que a empregada da escola trouxesse Inês enquanto pensava na compra que tinha feito.

«O Tomé é mesmo um bom vendedor; muito atencioso e simpático», pensava.

– Aqui está a sua filha – disse a empregada.

– Obrigada, até amanhã – respondeu Sofia que se dirigiu à filha – Olá, pequerrucha! Como correu a escola hoje?

– Olá, mamã! Diverti-me muito, fiz desenhos e brinquei.

– Ainda bem! Sabes onde fui hoje?

– Não!

– Fui ver aquele apartamento de que te falei, perto da praia, que tem muito espaço para poderes brincar e poder ter um quarto só para ti. A mamã comprou-o!

– A sério, mamã?

– Sim, a sério! Já o comprei.

– Que bom! Agora vou ter novamente o meu quarto. E quando vamos viver para lá?

– Isso ainda vai demorar umas semanas. É preciso fazer primeiro algumas coisas, como pintar as paredes e mobilar o teu quarto.

– Que pena não ser já amanhã! – suspirou Inês desconsolada.

– Não fiques triste. Vais ver que passa depressa! Antes das férias mudamo-nos e podes ir à praia todos os dias.

– Que bom, mamã! Acho que me vou divertir muito contigo!

Ambas estavam muito contentes; era um passo grande na vida de Sofia, mas também era uma forma de satisfazer a necessidade de ter o seu cantinho, com Inês. Regressaram a casa de Cláudia.

– Inês, agora vai pôr as tuas coisas no quarto – disse Sofia a Inês ao entrar em casa.

– Está bem, mamã.

– Podes ficar lá a brincar um bocado e quando o jantar estiver pronto eu chamo-te.

– Olá, Sofia! – exclamou Cláudia. – Como foi o teu dia? sempre fostes ver o apartamento?

– Sim, fui visitar o apartamento e adorei! Adorei tanto que já tomei a decisão de o comprar.

– Estás a brincar! Já compraste o apartamento, assim de um momento para o outro! Sabes que não incomodas! Podes ficar aqui o tempo que quiseres!

– Sim, Cláudia, eu sei. Mas repara: a Inês já começa a reclamar o seu quarto e eu também preciso de ter o meu canto, percebes?

– Sim, percebo! Estou a ver: deixei-te ir sozinha e o vendedor deu-te a volta! Pudera até a mim! Um pão daqueles...

– Não digas asneiras, Cláudia! Eu comprei porque tinha de comprar, não teve nada a ver com o vendedor. Mas é verdade que ele foi muito simpático.

– Gostaste dele? – pergunta Cláudia, troçando de Sofia.

– Não se trata de gostar, não o conheço e não quero ninguém na minha vida! Não estou pronta para amar novamente, apenas o achei simpático.

– Bem, se tu o dizes... Já agora, quantos quartos tem o apartamento? É que não penses que por estares a planear sair da minha casa te livras de mim!

– É um T2, mas haverá sempre lugar para ti; podes até dormir comigo!

– Isto se quando lá chegar a cama já não estiver ocupada. – atirou Cláudia sorrindo.

– Podes ir descansada que não estará ocupada! Mas se estiver tens sempre o sofá.

– Bem, ao menos existe sempre a hipótese de dormir na cama da Inês – isto se ela não levar o namorado.

– Acho que esse risco ainda não corres para já, mas se demorares muito tempo a aparecer por lá, quem sabe?

– Bem, vamos mas é fazer o jantar que a barriga começa a dar horas e daqui a pouco a pequena Inês vai reclamar – lembrou Cláudia.

Cláudia gostava muito de Sofia e gostava também de a ter por perto. O facto de Sofia e Inês terem ido viver com ela fez com que tivesse uma vida menos solitária. Cláudia sabia que ia sentir falta daquela companhia diária.

***

Do outro lado da cidade, Tomé estava debaixo dos seus lençóis quando o despertador tocou às sete e meia da manhã.

«Não sei o que se passa, mas hoje não consegui dormir lá muito bem!»

Tomé acordara várias vezes durante a noite sempre a pensar em Sofia, na sua imagem à janela do apartamento, olhando a praia e sentindo o sol.

«Bem, deixa-me por a pé para tomar o meu banho, vai-me ajudar a relaxar. Acho, que estou mesmo ansioso demais! Mal posso esperar que chegue às duas horas!», pensava.

Tomé tinha estado pouco tempo com Sofia, mas sentia uma espécie de saudade das horas que passara com ela.

Tomé esforçou-se para não pensar constantemente em Sofia e foi trabalhar.

– Bom dia, Sr. Bernardo! – Tomé tinha chegado ao escritório e, como de costume, o seu chefe já estava nas instalações.

– Bom dia, Tomé! O António disse-me que tinha um contrato para me dar.

– Sim, é verdade. Faltam alguns documentos que conto obter ainda hoje, depois do almoço, mas já aqui tenho o contrato de compra e venda assinado.

– Óptimo! É assim mesmo! Mostre-me qual dos apartamentos é que vendeu. – Tomé foi à pasta e entregou toda a documentação que tinha a Bernardo e aguardou que o seu chefe dissesse alguma coisa.

– Os meus parabéns, Tomé! – felicitou-o Bernardo.

– Muito obrigado! Acho que tive sorte!

– A sorte nada teve a ver com isso; apenas se reflecte sobre aqueles que se dedicam e favorece os mais audazes.

– Bem, com sorte ou não este apartamento já está vendido! – respondeu Tomé.

– Isso é verdade! Mais uma vez, parabéns! E não baixe os braços que ainda não estão todos vendidos.

Tomé foi sentar-se à sua secretária obviamente satisfeito não só pela venda mas pelos elogios do seu chefe. Durante toda a manhã preencheu papéis e fez telefonemas para eventuais clientes.

«Ainda bem que tirei uma fotocópia do bilhete de identidade; agora posso olhar para ela quando quiser, sem ter que pedir uma foto!», pensava Tomé enquanto admirava a fotografia. Pousou o dossier da venda do apartamento e olhou para o relógio.

– Uma hora. Está na hora de ir almoçar!

Saiu do escritório, atravessou a rua e entrou no *shopping*, onde comprou uma sandes enquanto ficava a observar as pessoas que por ali passavam. Ele não gostava de almoçar sozinho – talvez pelo facto de viver sozinho – e procurava ter alguma companhia às refeições. Quando não tinha ninguém com quem almoçar, preferia ir ao *shopping*, pois sentia que com tanta gente de lado para lado nos corredores não se sentia tão sozinho. Àquela hora ele assistia ao encontro de alguns casais que aproveitavam aquela pequena pausa para passarem algum tempo juntos ou para fazerem algumas compras. Com as suas vidas cada vez mais preenchidas a hora de almoço mesmo sendo a hora mais pequena do dia, dava sempre para equilibrar a balança familiar e amorosa de muita gente.

Depois de almoçar foi ao Café Recanto, onde tinha marcado com Sofia para entregar os documentos em falta.

– Chegou a hora de me encontrar com o meu anjo – disse Tomé em voz alta, sorrindo.

Quanto entrou, olhou para todas as mesas e lá estava ela – Sofia tinha chegado primeiro – sentada na mesma mesa do dia anterior, com uma revista na mão. Os seus cabelos louros e longos soltos escondiam uma parte do seu rosto. Sofia lia uma revista, sentada de pernas cruzadas. Vestia uma blusa branca e uma saia curta castanha e calçava umas botas também castanhas quase até aos joelhos. Ali estava ela a espalhar a sua beleza de uma forma tão natural. Ninguém lhe ficava indiferente. Havia pessoas sentadas nas mesas ao lado que iam botando os olhos a tanta beleza ali sozinha. O empregado do balcão, ia comentado precisamente sobre isso com um cliente que tomava o seu café. Quando Tomé chegou apercebeu-se logo para onde se dirigiam todos aqueles olhares.

– Boa tarde! Este lugar está livre?

– Tomé! Olá! Claro que sim.

– Peço desculpa se a fiz esperar muito, mas como ontem chegou um pouco mais tarde pensei que ainda tinha tempo, e vim mais tarde um pouco.

– Não tem de pedir desculpa, mas hoje saí mais cedo.

– Já tomou café?

– Por acaso não, estava à sua espera tão cedo.

– Assim sendo, faz-me companhia. Vou mandar vir dois cafés.

– Antes de mais, aqui estão os documentos, que me tinha pedido.

– Obrigado, já dei seguimento à outra papelada e mandei colocar um placard com «vendido» no seu apartamento.

Tomé estava novamente enfeitiçado pela beleza de Sofia, o seu perfume parecia-lhe mágico apoderando-se do ar que respirava percorrendo os seus pulmões.

Sofia, desculpe-me, mas tenho de lhe fazer uma pergunta.

– Claro, pergunte!

– Adoro o seu perfume, como se chama?

– Bem, esperava uma pergunta mais difícil – disse Sofia rindo. – É o *Amor Amor* da *Cacharel*. Gosta?

– Sim, é muito suave mas ao mesmo tempo intenso. Como dizer? Parece que penetra os nossos sentidos.

– Eu também gosto muito.

Tomé apetecia dizer-lhe, tudo o que sentia, e tudo, o que gostava nela, para além do perfume, mas deteve-se.

– E já espalhou a notícia de que tinha um apartamento pertinho da praia? – perguntou para mudar de assunto.

– Sim, acho que já toda a gente sabe. Era difícil não partilhar tanta alegria. – Sofia riu.

– E quem foi que gostou mais da ideia?

– Não preciso de dizer que a minha pequena Inês foi quem ficou mais contente! Ela estava habituada a ter o seu quarto antes de virmos para o Porto e agora via-se obrigada a partilhar a cama com a mãe.

– E o que a fez vir para o Porto? Questões de trabalho?

– Não, divorciei-me e queria começar tudo de novo. Se ficasse em Lisboa seria viver presa ao passado. Pedi transferência para o Porto; tenho aqui uma amiga que me acolheu muito bem, fizemos a faculdade juntas e já nos conhecemos há anos. Ela veio trabalhar para aqui e eu optei por ficar em Lisboa no Hospital Garcia da Orta.

– Foi uma decisão muito drástica... Abandonar tudo para começar do nada.

– Foi o que disse a minha mãe, mas era melhor para mim. Já não podia ficar ali. Precisava de algo novo. Mas não quero falar mais disso – concluiu Sofia fixando o tecto e respirando forte, como se isso a impedisse de verter uma lágrima.

– Tem razão, Sofia. Peço desculpa, não queria ser indiscreto – disse Tomé.

– Não tem de pedir desculpa, dizem que desabafar faz bem.

– Sim, botar cá para fora alivia a alma. Quando partilhamos a nossa dor com alguém, ela torna-se mais pequena e mais leve. É mais suportável. E, por favor, trata-me por tu, eu vou tentar fazer o mesmo.

– Vou tentar, às vezes foge-me – respondeu Sofia sorrindo. – Diz-me, tens filhos?

– Penso que já lhe tinha dito. Ainda não. Creio que já me tinha dito ontem. Mas confesso que adoro crianças, talvez ainda esteja a tempo de casar e ter sete filhos!

– Bem, ficarias com uma família numerosa!

E ali ficaram, durante horas, a conversar sobre o presente, o passado e o que tinham em mente para o futuro.

– Tomé, que horas são?

– São 17h30. Ainda vais trabalhar hoje?

– Uau! O tempo voa! Quando estamos a gostar da conversa é fácil perdermos a noção do tempo. Não, tenho de ir buscar a pequena. A Inês, que sai as dezoito horas.

– Parece que o tempo continua a ser o inimigo dos bons momentos.

– Sem dúvida que foi bom conversar contigo. Havemos de o fazer mais vezes agora que somos amigos. Tens os documentos, se for preciso alguma coisa, por favor, liga.

– Espero que sim. Assim farei – respondeu Tomé.

Tomé despediu-se de Sofia e ficou a observá-la até desaparecer por detrás do prédio. Depois dirigiu-se para o carro sem conseguir deixar de pensar nela e nas conversas que estavam a ter.

Àquela hora já não valia a pena voltar ao escritório por isso foi para casa para depois ir ao ginásio. Ao chegar apanhou o correio que se encontrava no chão, deu uma olhadela e percebeu que não era nada de importante. Pousou as chaves na sapateira da entrada, uma herança da sua avó, dirigiu-se ao seu quarto e tirou do guarda-roupa uns calções, uma *t-shirt*, dois pares de meias e umas cuecas que meteu no saco. Depois foi buscar uma toalha, e as sapatilhas, que também, guardou no saco. Entrou na cozinha abriu a porta do frigorífico e tirou um iogurte líquido que bebeu. Pegou novamente nas chaves que tinha pousado em cima da sapateira e saiu em direcção do ginásio.

**

– Olá, Cláudia! Já por casa? – perguntou Sofia que chegava a casa com Inês.

– É. Hoje já não vou fazer noite; uma colega precisou de trocar.

– Assim podemos jantar juntas! Que dizes de sairmos, irmos jantar a algum sítio… no *shopping*?

– Boa ideia! Acho que quem vai adorar a ideia é a Inês, que não vai ter de comer sopa!

– Come na mesma. A maior parte dos restaurantes têm sopa.

– Sim, mas dá à miúda um dia sem sopa. Vamos àquela pizaria ao fundo da rua.

– Que bom exemplo! – atira Sofia.

– Bem, a mãe és tu. Eu não estou cá para educá-la, mas, sim, para a mimar – respondeu Cláudia rindo da cara de Sofia. Cláudia não era para meias medidas; vivia a vida de uma forma relaxada, sem *stress*.

– E nesse campo tens conseguido.

– Então vamos lá, pois deste-me fome!

– Inês, que achas? Vamos a uma pizaria ou jantamos em casa?

– Acho melhor irmos a uma pizzaria – respondeu Inês.

– Neste caso, sendo duas contra uma tenho de ceder. Vamos lá!

Saíram todas três em direcção a uma pizzaria que ficava mesmo no fundo da rua onde habitava Cláudia. Sentaram-se numa mesa ao fundo e pediram uma pizza de carne picada com cogumelos e queijo.

– Inês, não te habitues que é só hoje. Amanhã voltamos à comidinha saudável.

Enquanto saboreava o jantar, Sofia recordava as conversas que tinha tido com Tomé.

– Terra chama Sofia – disse Cláudia na brincadeira.

– Desculpa, que dizias?

– Estavas nas nuvens e eu chamei-te antes que desaparecesses.

– Continuo aqui, estava apenas a pensar para os meus botões.

– Hummm... E conta-me, como está a decorrer a compra do apartamento?

– Bem, agora falta apenas assinar os papéis do empréstimo bancário e mudar-me.

– Ficaste mesmo vidrada no apartamento. O vendedor deu-te bem a volta à cabeça!

– Não, eu fiz a minha escolha. Ele apenas fez o seu trabalho, mas é muito simpático e atencioso.

– É o que eu digo: ele deu-te a volta à cabeça.

– Lá estás tu a vestir mais uma vez a pele de cupido e a disparar flechas em toda a direcção. É apenas um rapaz simpático, nada mais. Para dizer a verdade, hoje estivemos juntos por causa da papelada e perdi-me no tempo. Ficámos horas a conversar!

– Bem, é o que eu digo: o vendedor dá-te a volta à cabeça.

– Não digo mais nada, estás sempre a levar as coisas para o caminho errado.

– Tens razão. Como dizes, é apenas um rapaz simpático com quem ficaste à conversa num café durante horas.

– Mais ao menos isso, mas e falando de ti: onde anda o teu príncipe?

– Acho que ainda não nasceu ou está em casa da mãe. Quando ele sair à rua, encontro-o.

– Estás sempre pronta a arranjar namoro para os outros, mas para ti não há pressa.

– Eu sou assim: preocupo-me com os amigos. *Em casa de ferreiro espeto de pau.*

– Estou a ver que também tenho de vestir o papel de cupido um dia destes.

E continuaram na conversa enquanto saboreavam o jantar.

Bem longe daquele restaurante, Tomé estava deitado no sofá a ver televisão. Tinha chegado do ginásio e sentia-se cansado. Comeu qualquer coisa leve e tinha-se deixado ficar no sofá a relaxar sem conseguir deixar de pensar em Sofia.

«Será que ela já percebeu que mexe comigo?» pensava Tomé enquanto lavava os dentes e se olhava no espelho. «Dizem que as mulheres têm um sexto sentido e que sentem as coisas muito antes de acontecerem... De certeza que sentiu alguma coisa.» Tomé ia fazendo perguntas às quais procurava dar resposta, tentando acalmar a sua ansiedade.

«Bem, amanhã ligo-lhe e peço-lhe que se encontre comigo para ver algum detalhe do apartamento. Digo-lhe que não acredito em coincidências, que as coisas têm uma razão de ser... Não. Pensando bem, é melhor não exagerar; ainda estrago tudo. Um passo de cada vez», pensava Tomé enquanto se deitava na cama e apagava a luz.

Capítulo 6

Mistura de Sentimentos

Eram dez da manhã e Sofia já tinha feito a triagem a uma quinzena de pacientes, uns chegavam em ambulâncias, outros pelos seus meios próprios, com dores aqui e ali. Por vezes não era fácil gerir tanta dor.

Entre todos os pacientes, as crianças era os que a sensibilizavam mais, incapazes, por vezes, de exprimir o que sentiam. Mas Sofia ia escutando e sorrindo para cada uma com toda a calma do mundo, como se o seu sorriso fosse o primeiro analgésico que podia dar. Ouviu o seu telefone tocar, meteu a mão ao bolso, pegou nele e viu que era Tomé.

– Olá, bom dia!

– Sou eu, Tomé de Oliveira.

– Olá, Tomé! Bom dia! Estou de serviço e isto por cá está um pouco agitado.

– Posso sempre ligar a outra hora se estiver a incomodar.

– Não, podes falar. Não atenderia se tivesse muito ocupada, aliás nem devemos atender chamadas quando estamos de serviço, mas o chefe não está por aqui agora.

– Tenho uma boa notícia e uma má notícia para ti, qual dou primeiro?

– Que seja primeiro a boa!

– A boa notícia é que o financiamento já está aprovado. A má notícia é que ainda vamos ter de escolher a cor das paredes para finalizar o apartamento.

– Isso não é uma má notícia. Isso são só boas notícias.

– Agora fica ao teu critério marcar um dia para nos encontrarmos para escolher as tintas e a cor das madeiras.

– Para ser sincera, já tenho tudo mais ao menos definido na minha cabeça, mas podemos encontrar-nos à mesma.

– Nós temos um catálogo de cores que a Sofia pode ver, seleccionar as cores e depois mandamos para o empreiteiro.

– Hoje saio do serviço às 15h. Podemos encontrar-nos por volta das 15h30 no mesmo café?

– Por mim, está óptimo. Quanto mais rápido decidires, mais rápido te mudas para o apartamento novo. E não tenho nada marcado para essa hora.

– Então está combinado!

Sofia desligou o telefone e foi socorrer um doente que chegava numa maca.

– Sra. enfermeira, este doente aleijou-se numa obra; caiu do segundo andar. Para além dos lanhos visíveis parece ter uma perna partida – disse um bombeiro.

– Vou já tratar destas feridas e vou mandar fazer um RX para ver como está a sua perna.

Para Sofia o dia estava a ser tão agitado que nem teve tempo de almoçar, acabando por comer apenas uma peça de fruta e beber um iogurte à pressa. Quando chegou a hora da mudança de turno Sofia estava exausta.

– Olá, Filipa! Ainda bem que chegas! Hoje estou exausta, não parei nem um segundo!

– Olá, Sofia. Então quer dizer que o meu inferno vai começar.

– Não, estás com sorte; já acalmou. Mas há dias longos demais, tanto sofrimento que aqui entra que me vejo perdida.

– Estou a ver que foi mesmo duro hoje.

– A quem o dizes! Mas dois destes doentes já tiveram alta e um deles deve estar a descer da sala do Raio X e depois falta só mostrar os exames ao médico. O doente da cama seis vai ter de ficar cá.

– Tudo bem, podes ir à-vontade. Eu agora dou conta do recado!

Tal como combinado, Sofia saiu do hospital em direcção ao café onde tinha combinado encontrar-se com Tomé. Ao atravessar a rua e enquanto seguia em direcção ao café lembrava-se do que Cláudia dissera ao jantar, e sentia algum nervosismo, por se ir encontrar com Tomé.

– Olá, boa tarde! Queria um café e uma nata, por favor – pediu Sofia ao empregado enquanto se sentava à mesa.

Sofia ficou ali sentada a observar o movimento na rua, enquanto pegava na chávena quente de café e sentia que aquele calor a reconfortava.

– Olá, Sofia! – Tomé tinha entrado no café e ela nem tinha dado conta.

– Olá, Tomé! Nem me apercebi da tua chegada!

– Pois, estou e ver que estavas longe!

– Sim, por aí a vaguear. Estava a saborear este delicioso café; hoje tive um dia muito atribulado: muita gente, dois acidentes, enfim, uma confusão!

– Vou pedir um café igual para mim.

– Para mim o café já não é bem um digestivo. Diria que é mais um relaxante.

– Digamos que, para além vício ou do hábito que muitos de nós criámos, acaba por ser uma pausa obrigatória.

– O que eu quero dizer é que estes minutos que tiramos para tomar um café – e sentimos este odor agradável – ajudam-nos a relaxar, como se a vida à nossa volta parasse – explicou Sofia.

– Como estavas quando eu cheguei, como se tivesses a desligar o teu cérebro, para conseguires relaxar ou carregar baterias?

– Mais ao menos, mesmo que isso não seja possível. Mas por vezes precisamos de nos desligar de tudo para nos encontrarmos com nós próprios – defendeu Sofia.

– Concordo, mas na prática, por vezes, não conseguimos abstrair-nos das coisas assim tão facilmente.

– Também concordo. Lá vamos nós ficar à conversa! Marcámos para falar do apartamento e já estamos aqui a falar de outras coisas.

– Sim, tens razão! Mas a conversa flui com tanta naturalidade! – Os seus olhares cruzaram-se. Olhavam-se como se houvesse algo para dizer e não pudessem. Ninguém ousava prenunciar as palavras do coração. O medo, de prenunciarem as palavras sobre o fruto proibido aumentava. Tomé desviou o olhar e tomou o seu café.

– Não quer dizer com isso que seja mau, eu adoro conversar contigo, fazes-me rir – confessou Sofia.

– Ainda bem!

Sofia desviou o seu olhar de Tomé. A forma como ela a olhava deixava-a um pouco desconfortável, parecia que ele conseguia ver o seu íntimo.

– Mudando de conversa, aqui está o catálogo de cores para escolher a cor para as paredes – disse Tomé.

– Obrigada, Tomé. Como te disse, já tenho mais ao menos tudo já definido; comprei uma revista de decoração de interiores para poder tirar umas ideias. – Sofia retirou da sua carteira a revista que tinha comprado, já com as páginas todas marcadas.

– Sem dúvida que é uma ajuda!

– Decidi que quero a entrada pintada de branco, assim como o corredor. Quero pintar a sala de bege em contraste com a parede do fundo, que será azul-celeste. A cozinha, quero que seja pintada de branco para ter mais luz; e o quarto da Inês será cor-de-rosa.

– Acho que ela vai adorar o quarto cor-de-rosa!

– Sim, ela é que escolheu. Depois vou ter de comprar estes desenhos de flores para colar; também foi ela que escolheu.

– Isso vai dar um trabalhão. As crianças não têm noção das dificuldades que, por vezes, os seus pedidos implicam. Talvez nós, os adultos, devêssemos ser mais assim: sem medo dos obstáculos.

– Nós pensamos muito e não fazemos nada. Eles não pensam, fazem – disse Sofia.

Tomé ficou em silêncio. «Que queria ela dizer com "nós pensamos muito"? Quererá dizer que nota que sinto algo por ela e que lhe devia dizer?», pensava ele.

– Para terminar, aqui está o catálogo das tijoleiras – disse Tomé, fugindo à conversa.

– Ora bem! Para a cozinha quero esta bege clara, com estas riscas no meio da parede à volta da cozinha, com estes desenhos de legumes e flores. Podes já assinalar.

– Agora só falta para a casa de banho.

– Para a casa de banho quero o chão em tijoleira preta. E para as paredes…

– Porque não colocas tijoleira preta na casa de banho toda, nas paredes e no chão? Como aqui está, só com as louças brancas. Fica bem.

– Sim, tens razão. Vou optar pelo preto então. Dá um certo charme, fica chique – concordou Sofia.

– Pronto, acabámos! Está tudo aqui apontado é só entregar ao empreiteiro.

– E quando estará pronto?

– Se correr bem, estará tudo pronto em duas semanas, no máximo em três. O que quer dizer que faremos a escritura nessa altura e entregamos-lhe a chave para fazer as mudanças.

– Pensei que era mais rápido, estou ansiosa.

– Duas semanas passam rápido, vais ver.

– Espero que sim!

– E a Inês? Está a adaptar-se bem a esta mudança?

– Sim, confesso que tinha muito medo. É uma escola nova e tinha de fazer novos amigos, mas a Inês é uma criança que se adapta muito bem; foi muito bem acolhida, quer pelas professoras como pelos novos amigos, até já tem um namoradinho!

– Bem, não podia ser melhor!

– Uau, o tempo voa! Já são cinco da tarde; acho melhor ir andando!

Tomé olhou para Sofia e ela desviou o olhar para a revista, como se fugisse de algo. Tomé colocou a sua mão sobre a de Sofia.

– Sofia, não sei se o deva dizer, mas ao mesmo tempo há algo em mim que insiste para que o faça...

– Que queres dizer com isso, Tomé?

– Quero dizer que és uma mulher linda e que eu não consigo ficar indiferente desde o primeiro dia em que te vi.

– Tomé, acabei de me divorciar há bem pouco tempo, como sabes. Não sei se estou preparada para assumir uma nova relação, sinto que não faria ninguém feliz.

– Isso não podes ser tu a julgar. Não te estou e pedir nada, apenas estou a dizer-te o que sinto. Tinha de o dizer.

– Também pelo que me contaste, terminaste há pouco uma relação, estaríamos a pisar terreno minado.

– Sofia, apenas queria que soubesses o que sinto. Deixemos o resto entregue ao destino.

– Está bem...

– Espero que não tenhas ficado chateada com nada do que disse.

– Não há razão para ficar; não disseste nem fizeste nada que me ofendesse, apenas exprimiste os teus sentimentos.

– Tudo o que peço é que não desapareças agora que sabes o que sinto. Gostava de te ter pelo menos como amiga.

– Não vou desaparecer, Tomé, garanto-te. Apenas quero que entendas que ainda estou desiludida com o casamento e pouco crente no amor.

– Nem todas as histórias de amor têm de acabar mal.

– Eu sei, por isso digo que talvez o tempo me ensine a amar de novo.

Tomé tirou a mão de cima da de Sofia, que pegou rapidamente na revista e arrumou-a na carteira. Tomé ficou a pensar se teria feito bem em abrir-se com Sofia, mas sentia que se não o tivesse feito, acabaria por se arrepender. «Os dados estão lançados; que a sorte dite o seu destino», pensava Tomé.

– Agora vou ter de ir – afirmou Sofia.

– Claro! Eu também tenho de ir para o escritório; vou passar primeiro pelo teu novo apartamento para deixar todas as indicações com o empreiteiro.

– Obrigada, Tomé.

– De nada, é o meu trabalho. Voltamos a ver-nos em breve?

– Claro! Como te disse, somos amigos e gosto de falar contigo; não há razão para não voltarmos a nos encontrar.

– Está combinado! Vamos falando, temos o contacto telefónico um do outro.

– Então até a próxima! – despediu-se Sofia.

Tomé trazia um sorriso nos lábios por ter tido a coragem de o dizer.

- Acho, que ela pensou que seria louco.

Tomé foi então até ao prédio Matosinhos, ter com o empreiteiro.

– Olá, Sr. Machado! Como vai isso?

– Está a ir devagarinho. Falta só a pintura e a tijoleira.

– Bem, é por isso que eu aqui estou. Já tenho as indicações da proprietária. Aqui estão.

– Muito bem! Amanhã mesmo começaremos por colocar a tijoleira e depois tratamos das pinturas.

– Óptimo, Sr. Machado! Agora que está vendido, quanto mais depressa estiver pronto, mais depressa faremos a escritura e receberemos o nosso dinheiro.

– Esteja descansado, Tomé. Eu trato do resto.

– Assim sendo, vou deixá-lo continuar o seu trabalho. Até mais tarde, Sr. Machado.

– Até logo, Tomé!

Tomé ainda foi até a janela do apartamento ver o mar, tinha mesmo uma vista magnífica. Naturalmente pensou em Sofia. Pegou no telefone, para ver se teria alguma chamada. Não tinha.

«Estou no teu apartamento, tem mesmo umas vistas magníficas! Fizeste uma óptima escolha. Espero não te ter desiludido hoje no café.» Tomé enviou uma mensagem a Sofia.

Sofia leu a mensagem e ficou durante alguns segundos pensativa. Não sabia o que lhe havia de dizer, mas não queria ser fria e escreveu uma mensagem

«Eu também adorei a vista do apartamento desde o primeiro dia. Quanto ao resto, não fiquei desiludida, apenas surpresa.»

Tomé leu a mensagem e preferiu não dizer mais nada. Depois foi para o escritório, onde terminaria o seu dia.

Sofia tinha ficado a pensar no que Tomé lhe tinha dito. Achava-o engraçado. Mas não era por isso que ia iniciar uma relação.

«Acho que fui um pouco fria com Tomé. Se calhar ele acha-me mesmo fria por não lhe ter dito mais nada. Mas acho que ele percebeu que acabei agora um casamento, que é normal ficar assim. Não me quero magoar, nem magoar ninguém. Espero que ele compreenda», pensava.

Sofia fez um desvio para ir buscar a sua pequena Inês e depois seguiu para casa. Não queria ir para casa sozinha, uma vez que Cláudia estaria a trabalhar. Sabia que iria ficar no seu canto a pensar no passado, tentando encontrar respostas para várias perguntas.

– Mamã! – exclamou Inês ao ver a mãe a entrar no portão da escola.

– Olá, filhinha! Tudo bem?

– Sim. Hoje vieste mais cedo!

– É verdade, estava com saudades tuas.

– E onde vamos hoje?

– Estava a pensar em irmos só as duas ao cinema. Que dizes?

– Boa! Mas tenho de ser eu a escolher o filme.

– Está bem, está combinado! Agora vai lá dentro vestir o teu casaco e pegar nas tuas coisas, enquanto falo com a tua professora.

Inês assim fez. Correu depressa em direcção à sala. Estava contente; não ia ao cinema todos os dias.

– Olá, Sra. Professora! Como se portou a Inês hoje?

– Esteve muito bem, é uma criança adorável. E de fácil trato, faz tudo o que lhe pedem.

– Já está mamã, podemos ir – disse Inês ao chegar ao pé da mãe e interrompendo a conversa com a professora.

– Está bem, podemos ir. Obrigada, professora. Depois falamos melhor; ela hoje está impaciente porque lhe disse que íamos ao cinema.

– Tudo bem. Até amanhã, Inês!

– Até amanhã, professora – respondeu Inês.

De mão dada, saíram da escola, mãe e filha, em direcção ao cinema. Sofia precisava de se distrair.

Capítulo 7

O primeiro Encontro

Tinham-se passado três dias e Tomé nunca mais tinha ligado a Sofia, nem mesmo mandado mensagens. Queria que o tempo e o silêncio curassem algum mal-estar que aquela sua mensagem tivesse causado.

Ele tinha passado a manhã em reunião com um cliente a quem depois foi mostrar um terreno. Agora estava a almoçar sozinho, no *shopping* do Parque Nascente, em Rio Tinto, que ficava bem perto do hospital de Sofia. Tomé tinha vontade de lhe ligar ou de mandar uma mensagem, mas preferiu não o fazer. Acabou de almoçar e voltou para o seu escritório, em Matosinhos.

– Já de regresso!? Ainda falta 15 minutos para as duas! – admirou-se António ao ver Tomé chegar ao escritório mais cedo.

– Olha quem fala, tu já cá estás!

– Sim, mas eu tenho um cliente que acabou agora de sair e que só pôde vir cá na hora do almoço.

– Bem, então é por uma boa causa.

– Vou tomar um cafezinho. És servido, António?

– Não, obrigado. Como te disse, ainda não almocei. Vou ali à esquina comer primeiro alguma coisa.

– Vai lá, então

– Até já! – disse António, batendo a porta do escritório.

Tomé foi tirar o seu café. Enquanto carregava no botão da máquina, olhou para o telemóvel.

«Anda lá, diz alguma coisa!», pedia Tomé em pensamento.

Tomou o café e dirigiu-se à sua secretária.

«Está na hora do ritual do café. És servida?» Tomé não aguentou muito mais tempo, fechou os olhos carregou na tecla do ok do teu telemóvel e enviou-lhe uma mensagem. De olhos fechados esperou religiosamente por cada minuto que passou até receber de volta a mensagem.

«Até gostaria, mas estou de serviço. Quem sabe outro dia!» foi a resposta que obteve.

«Ao menos não parece zangada», pensou Tomé.

Pegou na sua agenda e começou a marcar alguns compromissos, fez uns telefonemas, arrumou uns papéis e, quando já não podia fugir mais à vontade do coração, pegou no saco e nas chaves do carro e saiu do escritório.

Já dentro do seu carro, Tomé pegou no telefone e ligou para o hospital, pois sabia que Sofia estava de serviço e a vontade de ouvir a sua voz era enorme.

– Boa tarde, por favor ligue-me às urgências. Gostaria de falar com a enfermeira Sofia – pediu Tomé à telefonista.

– Com certeza. Quem devo anunciar?

– Tomé Oliveira, por favor.

Enquanto Tomé esperava, respirava fundo. Sentia algum nervosismo e aquele pequeno aperto no estômago. Não tinha autorização para ligar, mas também não tinha razão para não o fazer, queria sobretudo ouvir a sua voz.

– Estou sim – responderam do outro lado do telefone.

– Estou sim, queria falar com a enfermeira Sofia.

– Sim, sou eu.

O ar parecia ter sido congelado em torno de si. Sentiu um arrepio em cada pelo do seu corpo, e durante uns segundos ninguém disse nada.

– Olá! Sou eu, o Tomé. Tudo bem?

– Olá, Tomé! Que surpresa! Não estava a contar com este telefonema. Tínhamos trocado algumas mensagens. Pensei que tínhamos tudo dito.

– Sim, não temos falado e lembrei-me de ligar, queria saber se está tudo bem. As palavras não trazem os verdadeiros sentimentos.

– Sim, obrigada. Isto por cá tem sido uma confusão. Mas é normal nas urgências! Quando alguém cá aparece já chega com o coração nas mãos. E como esta a correr o teu dia?

– Bem, se tivermos em conta que ninguém entrou pelo escritório dentro pedindo desesperadamente aos gritos que lhe venda um apartamento, como se isso lhe fosse salvar a vida, acho que não está a correr mal – disse Tomé, soltando uma gargalhada.

– Talvez não salves pessoas, mas ofereces-lhes um tecto. Sem te dares conta, ajudas as pessoas a realizar um sonho.

– Sim, talvez tenhas razão. Acho, que nisso, faço o meu melhor. Ajudo as pessoas a realizar esse sonho. Talvez não seja na verdade um vendedor, mas um mago que realizo o sonho de muita gente.

– Mais logo, ao final do dia, vou ter uma reunião; tenho de tirar umas informações sobre um terreno antes de ser publicado para venda.

– Eu espero que esta correria acabe e que o resto da tarde se mantenha calma; já chega de correr de lado para lado!

– A que horas sais do teu turno hoje? – perguntou Tomé.

– Bem, hoje vou estar de serviço até às 20h00. Depois só vou querer uma cama para descansar porque estive a fazer noite. Já estou a trabalhar desde as oito da noite de ontem! – explicou Sofia.

– Pudera, com esses horários! É normal que te sintas assim cansada; aliás, se fosse eu, acho que nem chegava a casa, ficava logo numa cama aí no hospital. – disse Tomé rindo.

Sofia ficou contente por Tomé ter telefonado. Não teria tomado a iniciativa, pois tinha medo. Mas Tomé conseguia facilmente pôr as pessoas à-vontade.

– Não era muito apropriado, sabes? Nada é melhor do que a nossa casa!

– Tens razão. Mas deixa-me fazer-te uma pergunta, Sofia: Imagina, por segundos, que sou um mago da lâmpada mágica e que te concedia três desejos. Que pedirias?

Sofia soltou uma gargalhada do outro lado do telefone. A sua voz era como um calmante para os ouvidos de Tomé. Ele adorava ouvi-la rir. Quebrava o gelo na conversa.

– Estás bem-disposto! Pára de ser totó! – dizia Sofia.

– Tens esse efeito em mim. Mas, por favor, responde – pediu Tomé.

– Se tu fosses um mago, e eu pudesse pedir três desejos… que pediria?

Sofia demorou pouco mais que um segundo e de forma instantânea respondeu.

- Gostava de te ver agora mesmo… – respondeu Sofia.

O silêncio foi inevitável durante uns segundos. Tomé não esperava essa resposta, mesmo sendo o que mais desejava ouvir. Queria vê-la, se possível abraça-la e dizer que estava louco por ela. Que queria viver com ela o resta da vida. Que esperou uma vida inteira por ela. Mas que foi alvo de muitos testes até encontra-la e tinha a certeza que a vida dele sem ela podia ser um inferno, mas sabendo que por mais que os seus sentimentos por mais que fossem genuínos, Sofia podia nunca acreditar. Teria que ir pelo caminho mais longo.

– Tens a certeza? Cuidado com o que se deseja, pois pode sempre realizar-se – respondeu Tomé.

– Perguntaste o que desejaria se fosses um mago e respondi sem pensar. Desejei que te pudesse ver, desejei que esta distância fosse encurtada. Queria que por uma vez o meu desejo fosse realizado, por mais que isso possa ser impossível.

– Está bem. Mesmo não sendo um mago, vou-te conceder esse desejo. Anda ter comigo à entrada das urgências; eu já cá estou.

– A sério!? Estás a brincar!

Sofia não queria acreditar, dividida entre a satisfação soltando risos, e o pouco provável do que estava a acontecer ficou com o telefone na mão espantada.

– Estou a falar sério, estou cá fora. E, se me fizeres esperar muito, corro o risco de ter um ataque de impaciência.

– Tu és mesmo doido! Não fujas, eu já aí vou! – Sofia soltou um sorriso novamente – sentia-se isso nas suas palavras.

Ela desligou o telefone, contente por Tomé estar ali à sua espera. Era o seu desejo. Desta vez o seu desejo tinha-se realizado.

– Manuela, vou ter de ir lá baixo; tenho uma pessoa à minha espera – disse Sofia à colega enfermeira que estava a fazer serviço com ela.

– Tudo bem, vai à-vontade que eu tomo conta disto!

Tomé, nervoso, ficou firme à entrada do hospital à espera de Sofia. Uma coisa era falar com ela ao telefone, sem ter de a encarar, outra coisa era olhá-la de frente.

Havia pessoas a preencherem uma ficha de entrada no hospital ou a marcarem uma consulta, cruzavam-se macas saídas de ambulâncias que chegavam com as sirenes ligadas. As pessoas que ali passavam e olhavam-no, questionando-se o que estaria ali a fazer. Talvez esperasse alguém que estivesse doente no interior do hospital. O sentimento que sobressai, quando se cruza por alguém no hospital é de pena.

«Bem, ela tem razão: sou mesmo doido por aparecer aqui», «Estou a ficar louco» pensava Tomé.

Nesse preciso momento ele avista Sofia. Trazia os cabelos apanhados atrás vestia a sua farda branca. Com um sorriso nos lábios, Sofia dirigia-se a ele. Era contagiante o seu sorriso, e ele sorriu também esperando que ela se aproximasse. Tomé queria correr para os seus braços, queria abraça-la com força para que ninguém mais a pudesse arrancar dos seus braços, mas controlou-se, fazendo força com as pernas contra o chão em cimento, para prender os pés ao chão.

– Olá, Tomé! – disse Sofia ao aproximar-se dele e cumprimentou-o com dois beijos na cara.

– Olá, Sofia! Agora já te posso imaginar vestida toda de branco.

– Obrigada por me teres concedido este meu desejo – afirmou Sofia sorrindo.

– Na realidade, eu não concedi desejo nenhum. Eu não sou o mágico. Ele trouxe-me até aqui e disse-me para eu aguardar que um anjo aparecesse.

– Anda! Vamos sentar-nos; podemos tomar um café ali.

– Boa ideia!

No canto da sala de espera havia uma máquina de café. Tomé colocou duas moedas, enquanto olhava fixamente para Sofia, como se o mundo ao seu redor deixasse de existir. Tirou dois cafés, ofereceu um a Sofia e sentou-se, de seguida, ao seu lado no banco. Respirou fundo e bebeu um pouco de café.

– Agora já te posso imaginar no teu local de trabalho, vestida de branco, como um anjo, a salvar pessoas – disse Tomé sorrindo.

– Que exagerado! Efectivamente, encontro pessoas em situações muito más, entre a vida e a morte. Capazes de fazer pactos com o diabo para salvarem as suas vidas ou prolonga-las um pouco mais. Quando nos aproximamos somos como a chave para os seus problemas, mas apenas faço o meu trabalho. Estou longe de ser um anjo!

– Essa humildade e essa modéstia ficam-te bem, assim como a farda branca e a auréola. Mas é de louvar o vosso trabalho, escolher ser enfermeira ou enfermeiro não chega. É preciso estar no ADN. Acredito que muitas das pessoas que aqui chegam, muitas das vezes em desespero, vos encaram como os seus anjos de salvação.

– Não exageres!

– Aqui arranja-se sempre penicilina, ben-u-ron, soro, umas ligaduras e uma cama. Salvar e socorrer as pessoas que aqui chegam é o nosso lema e o nosso juramento à profissão. Mas estamos longe de ser anjos. – respondeu Sofia em tom de brincadeira.

– Sra. enfermeira, por favor, pode chegar aqui? – chamou uma médica que se encontrava ao lado de uma cama, a escrever num dossier. – Pode-me levar esta doente à sala de raio-X, para lhe fazerem uns exames?

– Sim, com certeza – respondeu Sofia pousando o copo de café.

– Achas que deva ir embora, ou acompanho-te numa espécie de visita guiada? – perguntou Tomé.

– Bem, não é muito correcto, mas acho que não há problema. Anda daí! – Sofia leu o relatório, enquanto empurrava a cama com rodas em direcção ao elevador. Tomé e Sofia iam trocando olhares intensos. Entraram no elevador, Sofia carregou no botão do 2º andar, as portas fecharam-se e o elevador subiu.

– Não se preocupe, agora vai ficar aqui com a minha colega e fazer estes exames que a médica mandou e depois eu venho buscá-la, vai estar bem entregue – explicou Sofia à doente e entregou o relatório à sua colega.

– E agora? – quis saber Tomé.

– Bem, agora esta paciente fica à responsabilidade deste piso até terminarem os exames e, no final, eu ou outra enfermeira viremos buscar a paciente para o médico fazer o diagnóstico final.

– Sem dúvida que tudo isto parece mais fácil para quem está de fora...Mas se houver um pequeno erro é a morte que aparece mais cedo.

– Sim, mas não somos atirados assim aos lobos de um dia para o outro; passamos pela faculdade e depois por estágios durante alguns anos, e, com o tempo, acabas por fazer tudo sem teres de pensar muito.

O elevador chegou e os dois continuaram a conversa com olhares cúmplices. Tomé deu passagem a Sofia para que entrasse primeiro; carregou no botão do R/C, as portas fecharam-se e, o elevador começou a descer.

– Então? – perguntou Tomé.

– Então o quê?

– Gostaste que te tivesse vindo visitar?

– Sim, adorei ter-te cá. Não estava a contar. Foi o meu desejo.

Enquanto Sofia falava, Tomé deu um passo em frente para se aproximar mais um pouco dela, Ficando quase cara a cara, mas o momento foi quebrado pelo sinal de chegada do elevador ao R/C.

– Acho, que não devíamos sair aqui – sugeriu Tomé com um ar sério carregando no botão, para fecharem as portas de novo.

– E onde deveríamos sair?

– Vamos tentar o terceiro andar.

Sofia sorriu e não o contrariou. Ela estava a gostar das iniciativas de Tomé. Tomé pegou na mão de Sofia e puxou-a para ele e beijou-a intensamente. Enquanto o elevador subia, os seus lábios se uniam no sabor da paixão. E quando chegaram ao terceiro andar voltaram a fechar as portas e a beijarem-se de regresso já ao R/C. Era uma viagem curta mas saborosa, era um subir e descer de emoções. O beijo foi interrompido pelo som da abertura de portas, que abriu bem antes de chegar ao R/C. Um médico entrou e eles afastaram-se um do outro com um ar constrangido.

– Para onde vão? – perguntou o médico.

– Vamos para o R/C – respondeu Sofia um pouco atrapalhada e corada.

– Faço-vos companhia até ao primeiro andar.

Os olhares fixos e um sorriso matreiro duraram até o médico sair do elevador. Mal as portas se fecharam, o elevador começou a descer, e as suas bocas, de novo se juntaram num beijo intenso. O elevador mal tinha iniciado o seu percurso de regresso ao R/C e Tomé carregou no botão de *stop*, para que mais ninguém pudesse interromper novamente aquele momento. Dentro daqueles dois metros quadros de chapa entre quatro paredes, os desejos do toque, ordenada pelos sentimentos loucos de uma paixão, eu entoavam cada vez mais alto.

– Tenho de voltar ao trabalho.

– Eu sei. Peço desculpa, mas não me consegui controlar. Não sei o que me deu. Sinto-me tão bem contigo, ao ponto de me tornar egoísta e de te querer só para mim.

Sofia sorriu e olhou-o apaixonadamente. Também ela estava a gostar daquele momento.

– Não precisas pedir desculpa. Tomé, eu entendo, mas não é o local apropriado. O mundo não acabará hoje. Teremos tempo para nos conhecermos melhor.

– Espero que sim. É o que mais desejo neste momento – respondeu Tomé.

Tomé queria dizer mais. Queria dizer que não conseguia deixar de pensar nela, queria dizer que a amava. Queria dizer-lhe que sabia que tudo isto parecia repentino, mas que desde o primeiro dia que a vira tinha vontade de a beijar. Mas não queria assustá-la, achava que tinha que ir com calma. Passou apenas a sua mão pelo rosto de Sofia.

– És muito bonita, Sofia. Ficaria aqui todo o resto da tarde a admirar a tua beleza, como quem admira um quadro de arte – disse Tomé.

– Obrigada, mas não precisas de exagerar. – Sofia abraçou Tomé.

– Vamos embora daqui, carrega no botão e vamos descer – pediu Sofia.

– Tens razão! Vamos descer antes que chamem os bombeiros para nos tirar deste elevador.

– Desculpa por todo o tempo que te tomei aqui dentro – disse Tomé.

– Não precisas de pedir desculpa. Foi muito bom, teres aparecido. Adorei este bocadinho; estava a precisar de uma pausa para tomar café, só não sabia que me ia fazer tão bem, deu-me forças para tudo o que possa vir hoje – disse Sofia soltando uma gargalhada.

– Não te esqueças: cuidado com o que desejas, pode acabar sempre por se realizar.

Na hora da despedida apertaram as mãos durante alguns segundos e fixaram os seus olhares um no outro.

Tomé dirigiu-se ao parque de estacionamento, onde tinha deixado o seu carro. Entrou, encostou-se para trás no banco e soltou um suspiro de satisfação. Pegou no telefone e enviou uma mensagem.

«Não tenho razão para me afastar, só me fazes bem. Ficarei enquanto este amor for a razão da minha existência.»

Tomé seguiu para o escritório, com um sorriso nos lábios. Tal como combinado, recebeu os clientes à hora marcada, mostrou-lhes o apartamento e ao final do dia foi para casa.

«Para mim o dia já chegou ao fim. E como não consigo deixar de pensar em ti, não resisti a mandar-te um beijo.»

Entrou em casa, tirou a roupa atirando-a para o canto da casa de banho junto ao cesto e foi tomar um banho. Encostado à parede em azulejo castanho, apoiava-se enquanto a água lhe caia pela cabeça abaixo. Era uma sessão de relaxamento durante uns minutos que Tomé não abdicava diariamente quando chegava a casa. Estava a sair do banho com a toalha enrolada ao seu corpo, quando ouviu o telemóvel tocar. Era uma mensagem.

«Obrigada pelo beijo. Mando-te outro de volta.»

Olhou para o telemóvel e, inevitavelmente, sorriu.

«Não sei explicar, mas sinto-me como um adolescente de catorze anos. Namorei com Catarina durante sete anos e nunca me senti assim! Conheço a Sofia há apenas sete dias... Que se passa comigo?», pensava Tomé. Voltou a pegar no telemóvel e enviou mais uma mensagem.

«Obrigado pelo carinho de hoje. Desejo-te uma boa noite, meu anjo.»

«E se ela volta para Lisboa? E se ela volta para o ex-marido? Eles têm uma filha... Podem sempre chegar à conclusão de que devem dar uma segunda oportunidade ao casamento...» Com estes pensamentos, Tomé ia rebolando na cama, virando a travesseira e puxando os lençóis.

Sentia-se confuso e sem saber o que devia fazer; se, por um lado, achava fascinante conhecer melhor Sofia, por outro, tinha de admitir que era um risco muito grande, pois estava a pisar terreno minado. Tinha que ter cuidado com a forma e rapidez que se entregava. Seria doloroso ter que andar de gatas a apanhar os pedaços do coração se alguma coisa corresse mal.

– Tenho mesmo de dormir. Amanhã tenho muito trabalho – disse Tomé para si mesmo enquanto fixava o tecto.

Capítulo 8

Sábado em Vila Real

Tomé tinha de ir ver uma quinta a Vila Real e o fim-de-semana aproximava-se. Uma quinta centenária, que ficara ao abandono quando as famílias partem para as grandes cidades e deixam para trás toda uma herança familiar abandona. Muitos recorrem agora à venda desses imóveis não tendo poder financeiro para a recuperar.

«Podia juntar o útil ao agradável», pensava Tomé. Entretanto o telemóvel tocou.

– Estou sim?

– Olá! Incomodo?

– Sofia! Que agradável surpresa! Claro que não incomodas, é sempre bom ouvir a tua voz. E ainda bem que ligas, queria mesmo que falar contigo.

– Querias?

– Sim, tenho uma ideia e queria saber a tua opinião.

– Que vais fazer hoje? Há lugar na tua agenda para um cafezinho comigo? – perguntou Sofia.

– Vou ver, mas arranjarei sempre dez minutos.

– Muito bem! Onde nos encontramos?

– Estava a pensar em ir até à Foz. Encontramo-nos naquele cafezinho em cima da praia. Se preferires, podes sempre esperar no passeio. Que dizes?

– Tudo bem. A que horas te dá mais jeito?

– Estarei lá por volta da uma e meia, parece-te bem?

– Sim. Não vou ao hospital hoje, por isso posso lá estar a essa hora.

– Não estás a trabalhar? Nesse caso, encontramo-nos lá por volta do meio-dia e almoçamos lá qualquer coisa. Podemos almoçar juntos?

– Boa ideia! Por mim está combinado. Lá estarei, por volta do meio-dia. Um beijinho e até já!

Tomé continuou no escritório até perto do meio-dia fazendo telefonemas para alguns dos seus clientes. Com os olhos postos no relógio apressou-se para não chegar tarde.

Com um sorriso de orelha a orelha conduzia em direcção à Foz ao som da música que passava na rádio do seu carro.

Estacionou no parque que dava acesso à praia, bem ali perto e ao sair do carro avistou logo Sofia. Com um vestido preto de alças, que lhe ficava um pouco abaixo dos joelhos, óculos escuros e cabelo solto. Não precisava de muito para encher a tela. O sol incidia sobre ela fazendo brilhar os seus cabelos louros. Tomé parecia estar numa praia com dois sóis. Sempre que a via o seu corpo ficava trémulo e sentia alguns arrepios. A cada passo que dava, respirava fundo – a emoção sobressaia.

– Olá, Sofia! Estás linda, como sempre.

Sofia anuía com a cabeça e recebendo todos aqueles elogios com satisfação.

– Olá, Tomé! Obrigada.

Tomé cumprimentou Sofia com um beijo nos lábios e em seguida pegou-lhe na mão e seguiram em direcção à praia, caminhando sobre o passeio.

– Querias falar comigo?

– Que vais fazer este fim-de-semana?

– Este fim-de-semana estou de folga, por isso devo dormir todo o fim-de-semana.

– Bem, isso já ocupa muito tempo.

– Sim, mas porque perguntas?

– Porque tenho de ir a Vila Real este fim-de-semana ver uma quinta que vamos vender. Tenho de tirar uns apontamentos sobre o local e fazer umas fotos para inserir no nosso site.

– Então vais trabalhar este fim-de-semana?

– Não obrigatoriamente. O que vou lá fazer no sábado podia fazer hoje ou amanhã.

– Explica-te então.

– Estava a pensar que podias vir comigo; íamos no sábado de manhã e vínhamos ao final do dia; teríamos um dia só para nós

– É uma boa ideia! Adoraria!

– Então, quer dizer que vens comigo?

– Em princípio, sim. Só tenho de falar primeiro com a minha filha e com a Cláudia, para saber se não se importa de ficar com ela.

– Está bem, fala com ela. Eu adoraria que viesses! Fico a aguardar que me digas então alguma coisa, depois de falares com Cláudia.

– Vamos comer qualquer coisa! – sugeriu Sofia.

– Sim, tens razão!

De mãos dadas, caminharam sobre o passeio até a umas escadas que davam acesso ao bar. Era um sítio sossegado para se poder ter uma boa conversa – se não estivéssemos no Verão, porque aí, sim, tornava-se muito movimentado.

Tomé adorava aquele local, onde podia apreciar o mar.

Aquele bar era todo em madeira, de aspecto rústico. Na entrada estava exposto um leme, como cartão-de-visita. Numa das paredes tinha um meio barco espetado, símbolo de uma zona de pescadores, e muitas fotografias antigas da praia e de outros tempos quando as pessoas viviam apenas da pesca e agricultura.

– Olá, boa tarde!

– Uma mesa para dois, por favor – pediu Tomé ao empregado.

– Preferem uma mesa com vista para o mar ou aqui mesmo no meio?

– Prefiro a mesa com vista para o mar.

– Por aqui, por favor.

Tomé seguiu o empregado em direcção à mesa, fazendo-se acompanhar por Sofia.

– Aqui está a sua mesa. Faça favor de se sentar.

– Muito obrigado.

– Hoje o prato do dia é arrozinho de legumes com filetes de pescada panados, mas se preferir outra coisa tem aqui a lista.

– Muito obrigado. Vamos dar uma vista de olhos na lista e já decidimos.

– Estejam à-vontade. Até já!

O empregado deixou-os sozinhos enquanto Tomé e Sofia escolhiam.

– Que te parece este bar? Venho aqui algumas vezes, mesmo sozinho. Gosto do silêncio que aqui encontro para me ajudar a relaxar um pouco. O mar transmite-me muita paz. Fico horas lá fora a ver as ondas do mar a enrolar-se na areia. Sinto vezes sem conta o vento a soprar-me aos ouvidos, como se chegasse com mensagens de muito longe.

- O que te diz ele?

- Ainda não consegui entender a língua deles – explicou Tomé.

– Bem, se isso resulta tão bem contigo, tenho de experimentar também.

– Nem todos temos os mesmos refúgios. O mar é o meu.

Sofia olhou Tomé sorrindo. A alegria era evidente no seu rosto.

– É tão bom ter-te aqui, Sofia.

– Acredita que o sentimento é recíproco.

– Fazes-me sentir bem.

– Tu também, Tomé. Mas tu ainda te sentes receoso? Eu não estou presa a nada, mas confesso que também tenho medo – disse Sofia.

– Dizem que o tempo é o melhor professor, deixemos que o tempo nos ensine…

Nada podia ser mais perfeito: um almoço à beira-mar com uma mulher linda que lhe dirigia palavras de carinho.

– E o teu ex-marido tem-te telefonado?

– Não. Quer dizer, às vezes recebo umas mensagens, mas não respondo.

- Nem mesmo a perguntar pela pequena Inês?

– Claro, que por vezes falamos sobre a Inês, não há como fugir ou apagar o passado para sempre, e, também permito que ele lhe ligue. Não quero que um dia mais tarde a minha filha me acuse, de a proibir, de falar com o pai.

– E ele não fala em vir vê-la? – Tem esse direito.

– Não. Ele nunca passou muito tempo com a filha. Obviamente que temo que um dia ele acorde e que queira recuperar o tempo perdido. Mas o tempo não para, ela está cada vez maior, mesmo se sente falta do pai, não o diz. Guarda para ela essa lacuna, no futuro tenho medo que venha a refletir nela. Faço o que posso para minimizar.

– Sim, também não o podes proibir de falar com a Inês porque ele é o pai. Mas mudando de assunto seria uma conversa muito longa e poderia estragar o nosso almoço: já escolheste o que vamos comer?

– Ainda não, estou um pouco indecisa. Que me aconselhas?

– Bem, depende o que te apetece. Preferes uma refeição leve ou pesada?

– Prefiro algo leve.

– Bem, nesse caso a francesinha vai ter de ficar para a próxima visita – disse Tomé prometendo.

– Mas também não me apetecia muito peixe hoje.

– Então se quiseres correr o risco, vamos pedir uma picanha fatiada, acompanhada por umas batatinhas fritas e uma salada mista.

– Parece-me bem! Podes pedir que a barriga começa a dar horas!

Tomé chamou o empregado e pediu a picanha para os dois. A conversa foi fluindo enquanto saboreavam a comida. O sol ia penetrando o pequeno bar e incidindo sobre os dois, como um foco, aquecendo um pouco mais o ambiente. Eles hoje eram as estrelas e o sol iluminava o seu palco.

– O almoço estava divinal – disse Sofia.

– Sobretudo por causa da companhia. Não consigo ficar indiferente à tua presença e à tua beleza. Tens um efeito poderoso sobre mim. Eu habitualmente até sou bastante calado.

– Tu calado!? Isso é mesmo possível!? Tu falas pelos cotovelos! Não é que seja mau, pois a tua voz é… como dizer… é tão relaxante.

– Obrigado, mas tenho de te privar da minha companhia, pois tenho de ir trabalhar. Queres que te deixe nalgum lugar?

– Não, eu apanho um táxi.

– Não, eu faço questão! Não custa nada.

– Se insistes, deixa-me no *shopping*; prometi à Inês que lhe levava uma prenda quando me fosse embora.

– Esse é o preço que tens de pagar para poderes estar comigo no fim-de-semana. Chamo a isso suborno, mas digamos que é por uma boa causa. Vou fechar os olhos desta vez.

– Acho, que é uma forma, de a contrabalançar – respondeu Sofia rindo.

– Assim sendo, vou pagar e vamos embora.

Tomé pagou a conta e saíram do bar de mão dada. Em vez de subirem diretamente para o passeio onde se encontrava a viatura de Tomé. Sofia preferiu sair pela praia sentindo a areia fina a penetrar-lhe por entre os dedos. Com a cabeça apoiada nos ombros em Tome, sentia-se quase a flutuar.

Quando Tomé deixou Sofia à entrada do *shopping* disse-lhe:

– Desejo muito passar um dia inteiro contigo.

– Eu também. Gostei muito do almoço. Quanto ao fim-de-semana, digo-te alguma coisa mais tarde. Sabes bem que não depende só de mim, se dependesse estava resolvido.

– Eu sei, meu anjo. Fico a aguardar a resposta.

Sofia aproximou-se de Tomé e beijou-o.

– Para cortar esse tua ansiedade, acho, que vou ligar já à Cláudia, senão ainda tens um ataque!

– Era boa ideia!

Sofia pegou no telemóvel e ligou à amiga.

– Estou? Olá, Cláudia! Queria pedir-te um favor: podes ficar com a Inês este sábado? O Tomé convidou-me para ir ver uma quinta com ele a Vila Real.

Enquanto Cláudia falava do outro lado, Sofia olhou para Tomé e piscou-lhe o olho.

– Obrigada! Então depois combinamos – disse Sofia antes de desligar o telefone.

– Então, que disse ela? – perguntou Tomé impaciente.

– Parece que vamos ter o nosso, primeiro sábado, juntos – respondeu Sofia.

– Fixe! Era mesmo isso que eu queria – disse Tomé abraçando Sofia. – Quero ter-te só para mim, pelo menos este sábado.

Tomé deu um abraço enorme a Sofia e depois foi-se embora.

«Sinto-me como se voltasse a ter dezanove anos e estivesse a apaixonar-me pela primeira vez», pensava Sofia depois de ter saído do carro.

Sofia, enquanto passeava pelo centro comercial e mirava as montras, pensou que devia também comprar algo para si.

«Pensando bem, devia comprar um vestido para mim, para usar este sábado. Há muito que não compro nada para mim! Não quero passar despercebida ao lado dele, mesmo quando ele me faz sentir a única mulher à face da terra.»

Sofia entrou numa loja e pediu à empregada que fosse buscar um vestido igual ao que estava na montra – um vestido azul com um decote em V, liso até a cintura e depois com pregas na parte de baixo. Sofia experimentou-o.

«Uau! É mesmo lindo! E fica-me bem. Ganhei anos de juventude com este vestido. Acho, que Tomé ia gostar de me ver assim.»

Sofia olhava-se ao espelho e imaginava-se a jantar com Tomé num restaurante com música, onde pudessem dançar, deslizando pela sala, como se voassem baixinho. Os seus olhos iriam ficar a noite toda ligados aos seus.

– O vestido fica-lhe bem? – perguntou a empregada do lado de fora do vestiário.

– Sim, vou levá-lo.

Depois de pagar, saiu da loja e foi comprar a prenda de Inês; ia oferecer-lhe um filme de desenhos animados. Depois foi buscar Inês à escola.

– Mamã! – gritou Inês assim que a viu.

Sofia sorriu e abriu-lhe os braços.

– Olá, meu amorzinho!

– Compraste-me uma prenda?

– Sim, mas só em casa é que a podes abrir.

– Então vamos embora! – respondeu Inês impaciente.

– Primeiro vais dar um beijinho de despedida à tua professora e depois vamos.

Inês foi a correr dar um beijo à sua professora. Depois saiu da escola de mão dada com mãe e foram ao supermercado, que ficava a caminho de casa, para comprar duas ou três coisas que eram necessárias para o jantar. Quando chegaram a casa Sofia disse-lhe:

– Aqui tens a tua surpresa.

– Um filme do Ruca! Era mesmo isto que eu queria.

– Dá-mo cá que eu ligo a televisão e o vídeo para que o possas ver.

Inês ficou vidrada no filme. Sofia foi ao quarto pendurar o seu vestido novo no guarda-fato e depois foi para a cozinha preparar o jantar.

– Olá! – disse Cláudia entrando em casa.

– Olá, Cláudia! Como foi o teu dia?

– Uma seca! Andei de um lado para o outro. Estou estafada!

– Sabes que nem sempre corre tudo bem…

– E o teu? – perguntou Cláudia com um ar matreiro.

– Correu bem.

– Quando me ligaste estavas com o Tomé. «Correu bem» é tudo o que tens a dizer à tua melhor amiga? Vá, conta-me!

– Que queres que diga? Correu bem. Ele convidou-me para ir almoçar a um bar na praia e, como estava de folga, não hesitei.

– Hum… Um almoço a dois na praia… que romântico! E depois?

– Depois nada. Vim-me embora que ele tinha de ir trabalhar.

– Nada!? Não aconteceu nada!? Voltamos ao século quinze. Vou fingir que acredito. «Não aconteceu nada»

– Cláudia, sabes que não te escondo nada. Sim, aconteceu. Beijamo-nos. Sinto que talvez me esteja a precipitar, mas sempre que estou com ele parece que entro num outro mundo. Não há medos nem magoas. Ele fala-me com tanta doçura, com tanto carinho, que me derreto; já não estava habituada a ser tratada assim. Se é que algum dia estive. Não estava habituada a ter toda a atenção do mundo e quando ele me convidou para ir com ele no sábado, liguei-te. Precisava de saber se ficavas com a Inês.

– Claro que fico!

– Mas podias não poder.

– Nem que para isso fosse preciso fazer uma troca. Não ia impedir que finalmente, voltasses a sorrir; tu nem notas como estás diferente. Nem precisas de sapatos. Quase que não tocas o chão, tu flutuas.

– Achas?

– Sim!

– Sabes, fui comprar um vestido novo para sábado.

– Foste! Que grande malandra! Mostra-me!

– Anda comigo.

As duas correram em direcção ao quarto para ver o vestido. Sofia abriu o guarda-fato, tirou o vestido e colocou-o em cima da cama

– É lindo! Vais ter de mo emprestar um dia!

– Claro que sim! Desde que não seja este sábado.

– Isso quer dizer que sábado vai ser uma loucura?

– Não, Cláudia. Já não tenho dezanove anos. Não é o meu primeiro encontro. Mas por vezes dou por mim a olhar para o espelho como se voltasse atrás no tempo, uns quinze anos.

– Estás apaixonada é o que é!

– Pois é disso que tenho medo.

– Mas não precisas ter medo, isso é bom, Sofia!

– Apaixono-me e acabo por me machucar novamente.

– Sofia, não podes pensar assim. Vive o momento e não te arrependas de nada. Se este for o teu príncipe encantado. O teu amor-perfeito. Sabes quantas pessoas vivem uma vida sem encontrar o amor-perfeito.

– Sei que tens razão. Se isto me estivesse a acontecer há dez anos não tinha tantas dúvidas nem hesitações. Dizem que o amor-perfeito aparece uma vez na vida ou de dez em dez anos.

– E o que mudou então?

– Mudou que tenho uma filha; mudou que sofri com o meu divórcio. Deixei tudo em Lisboa o meu trabalho, os meus pais tudo, para começar uma vida nova com a minha filha e aqui estou eu no meio da ponte. – Cláudia chegou-se para perto de Sofia e abraçou-a e depois disse-lhe baixinho ao ouvido:

– Só se vive uma vez. Não nos podemos arrepender daquilo que fizemos, mas, sim, do que deixamos por fazer. Por falta de coragem.

– Eu sei, amiga. Tens razão.

– Irei sem medo do que possa acontecer. Estou a adorar cada minuto que passo com ele; ele faz-me rir. Faz-me sonhar. Isso só pode ser bom.

– Vês? O amor tem um poder enorme sobre nós.

Sofia arrumou novamente o vestido e voltou para a cozinha com Cláudia. Por mais que pretendesse, não conseguia controlar o coração.

Jantaram as três e Sofia explicou a Inês que no sábado ela iria ficar com a Cláudia.

***

Era sábado de manhã. Tomé foi buscar Sofia a casa de Cláudia, como tinha ficado combinado na noite anterior.

Tomé enviou uma mensagem: «Já estou cá em baixo à tua espera.»

«Demoro dez minutos.» respondeu Sofia por mensagem também.

Sofia, acabada de sair do banho, colocou o seu novo vestido e calçou uns bonitos sapatos pretos. Penteou o cabelo, primeiro com uma escova e depois com a ponta das mãos, e no final abanou a cabeça, dando mais vida aos seus caracóis. Pegou num casaco comprido e saiu. O dia estava limpo mas o tempo ainda fresco.

– Inês, já vou sair. Ficas com a Cláudia, porta-te bem.

– Está bem, mamã. Eu porto-me.

– Vai descansada que eu e a Inês ficamos bem – sossegou-a Cláudia. – Diverte-te!

Sofia saiu a correr. Já se tinha atrasado. Os dez minutos anunciados transformaram-se em meia hora. Desceu as escadas do prédio e ao chegar à porta viu o carro de Tomé. Parou, respirou fundo e avançou. Tomé estava encostado ao seu carro à sua espera.

– Olá, Tomé! Desculpa o atraso.

– Não faz mal.

– Estás pronta para irmos?

Tomé abriu a porta do carro para Sofia entrar. Pegou na sua mão e puxou-a para ele dando-lhe um beijo.

– Não te estavas a esquecer de nada?

– Não – respondeu Sofia rindo.

Meteram-se no carro e seguiram em direcção à auto-estrada para Vila Real.

– Vais ter muito que fazer lá?

– Não. Apenas tenho de tirar umas fotografias e fazer umas medições ao terreno. Tenho que ter conhecimento do que vendo, e fazer realçar aos compradores, os aspetos importantes do local e da casa.

Tomé e Sofia fizeram a viagem toda na conversa. Aquele momento a dois dava para fluir a comunicação entre eles, e quebrar o gelo típico de um novo relacionamento. Num abrir e fechar de olhos tinham chegado a Vila Real.

– Foi rápido – disse Sofia admirada.

– Estávamos entretidos na conversa. Passa sempre mais rápido. Agora falta encontrar a Quinta do Rio Corgo.

– Estou curiosa!

– Confesso que também eu.

– São onze e meia. Podíamos parar aqui no centro e comer qualquer coisa?

– Por mim tudo bem.

Tomé estacionou o carro no centro de Vila Real, perto de um jardim.

– Vamos passear – convidou Tomé.

De mãos dadas foram passear pelo jardim. Era a quase meio-dia, o sol estava cada vez mais quente. Sofia tirou o casaco e pousou-o em cima de um banco de jardim. Tomé observava cada gesto, deslumbrando-se com a sua beleza.

– Estás linda.

– Obrigada. Anda, vamos almoçar!

– Vamos!

De mão dada caminharam até a um restaurante típico. Sentaram-se e pediram o famoso cozido à portuguesa, muito conhecido em Vila Real. Saborearam a comida e a companhia um do outro. Parecia que se conheciam há anos. Em seguida entraram no carro e fizeram-se à estrada em direcção à Quinta do Corgo.

Capítulo 9

Chuva de Amor

Depois de passarem pelo centro de Vila Real em direcção à zona rural, encontraram uma tabuleta que dizia «Quinta do Rio Corgo». A quinta foi baptizada assim por se encostar do lado norte ao rio Corgo.

Tomé desceu a estrada por um caminho que o levava até ao rio. Ali estava a quinta centenária. Notava-se que estava um pouco abandonada. Com o seu ar rústico e abandonada não perdia o charme.

– Paramos o carro por aqui.

– Sim, é um sítio lindo. Podemos caminhar um pouco e depressa chegamos à casa.

Saíram do carro em direcção à margem do rio, enquanto observavam a paisagem envolvente. O som dos pássaros junto ao rio, saltando de ramo em ramo, o barulho das correntes de água, aquele verde luxuriante sob um sol lindo era definitivamente um local de sonho.

– Anda comigo!

– Onde vamos? – perguntou Sofia.

Tomé não respondeu, apenas segurou a sua mão e levou-a com ele. De mãos dadas seguiram junto à margem do rio.

– Olha ali! – apontou Tomé.

– Um barco!

– Parece que alguém faz pesca por aqui.

– Parece abandonado – afirmou Tomé.

– Não será que o dono da quinta o deixou aqui? Está virado ao contrário para que não chova dentro dele. É típico de quem vai para longe.

– Assim o casco não toca no chão, de forma a não apodrecer. É provável que não seja utilizado há algum tempo – disse Sofia.

– E tem remos e tudo!

– E se fossemos dar uma volta? – sugeriu Tomé.

– Claro que não! Imagina que alguém nos vê a pegar nele?

– Certamente não iríamos presos. Apenas teríamos de devolvê-lo pelo preço que compramos.

– Tu não existes! É melhor não…

Enquanto Sofia dizia que não, Tomé já tinha virado o barco ao contrário. Pegou na corda e puxou-o para junto da margem.

– Vamos?

– Tu és mesmo doido!

– Anda, não iremos longe!

– Está bem, só uma voltinha junto à margem.

Tomé pegou em Sofia ao colo e levou-a para dentro do barco.

– És linda.

– Dizes isso tantas vezes que começo a acreditar.

– Digo apenas o que os meus olhos vêem. E o que sinto. Os meus olhos veem a perfeição quando olho para ti.

Sofia sem resistir às palavras de Tomé beijou-o. Ele pousou-a dentro do barco e empurrou o barco.

– Aqui vamos nós para a aventura! Espero que o barco resista!

– Não digas isso que eu não sei nadar.

– Não te preocupes, o barco aguenta. Estava a brincar.

Remando pelo rio acima e com o sol a incidir sobre eles, Tomé desapertou os dois botões da camisa e dobrou as mangas. De forma descontraída ia remando. Sofia discretamente ia observando os movimentos dos seus músculos e as suas formas.

– Isto é mesmo lindo!

– E reconfortante. Toda esta paz!

– Tomé?

– Sim.

– Ali está a casa.

– Quer dizer, se seguirmos aquela estrada, a entrada é ali! Fica mais ao menos no meio da quinta, tem acesso por todo o lado.

Da margem viam-se os lotes de vinhas expostas em leiras que vistas de longe tinham uma forma de escadaria que iam até ao casarão.

– A casa é mesmo linda!

O casarão, todo em pedra com dois andares, ficava num planalto. Típico da época lúgubre outonal, tão depressa está sol como depressa as nuvens aparecem a tapa-lo.

74

– As nuvens começam a tapar o sol – observou Sofia.

– Sim, tens razão. Está a ficar muito escuro.

– Achas que vai chover?

– Espero que não, estamos no meio do rio. Vamos regressar – disse Tomé.

Assim que Sofia falou em chuva Tomé começou a remar em direção à margem. Não demorou muitos segundos para fazerem-se sentir as primeiras gotas.

– Está a chover! – constatava Sofia em pânico

– Vamos remar mais depressa até a margem, em direcção à casa. Se remarmos em direcção ao carro, não teremos tempo de evitar um banho e ficamos encharcados. A distância até à casa é mais curta. E o barco pode não aguentar!

Tomé remava o mais rápido que podia. Mas a chuva não esperou que chegassem à margem do rio. E começou a chover com intensidade.

– Salta do barco e vamos correr até à casa! – disse Tomé assim que pôs os pés em terra. Gritou – Dá-me a tua mão!

De mãos dadas, Tomé e Sofia corriam por entre as vinhas e as árvores de fruto subindo até ao casarão. Por mais que corressem já não evitavam a chuva que batia-lhes contra o corpo. Correram o mais rápido que puderam até chegar ao alpendre da casa.

– Olha para mim! Estou toda molhada.

– Estamos os dois.

– Não tivemos sorte. Tu bem dizias para não irmos andar de barco – disse Tomé.

– Não parecia que ia chover.

– Mas o tempo mudou tão de repente.

– Tens a chave de casa? – perguntou Sofia.

– Sim, vamos entrar. Deve haver toalhas lá dentro ou outra coisa qualquer com que nos possamos secar.

Tomé abriu a porta e entraram por um *hall* enorme que os levou até à sala.

– Espera aqui. Vou procurar umas toalhas.

– Vai lá.

Tomé foi a um dos quartos e não encontrou nada nos armários a não ser um cobertor. Pegou nele e meteu-o debaixo do braço. Depois passou pela casa de banho e encontrou, duas toalhas que trouxe até à sala.

– É tudo o que encontrei – afirmou Tomé.

– Estou toda encharcada! Como me vou secar?

– Pega nesta toalha!

– Ajuda pouco, mas é melhor que nada.

– Sofia, temos uma lareira. Eu podia ir buscar lenha e acendê-la. Pode parecer loucura, mas não vejo outra solução.

– Não seria má ideia, mas e se chega cá alguém?

– Os donos estão no estrangeiro. Por isso estou cá eu para vender a casa. Não haverá problema nesse sentido.

– Vai então buscar lenha!

Tomé saiu e dirigiu-se a um barracão onde havia alguns toros, pegou num cesto e encheu-o. Carregou o cesto até a sala e acendeu a lareira. Também ele estava todo ensopado.

– Agora podemos esperar que a chuva pare. Depois vamos buscar o carro.

– E se não parar de chover? – perguntou Sofia.

– Se não parar de chover, eu vou buscar o carro sozinho.

– Não devíamos nos ter arriscado tanto!

– Sofia, vai para de chover. Desculpa, a culpa é minha.

– Não precisas de pedir desculpa. Sei que não tiveste culpa.

Tomé chegou-se mais perto de Sofia e abraçou-a.

O calor da lareira já se fazia sentir na sala. A lenha que passou o verão todo no barracão foi como pólvora a acender, transformando a sala num local quente e agradável. Sofia acariciou o rosto de Tomé, o vestido húmido colava o corpo de Sofia deixando algum desconforto. Num pequeno gesto desapertou o seu vestido, deixando-o deslizar pelo seu corpo até cair no chão. Tomé olhava Sofia deslumbrado com a sua beleza, suspirando pelo seu nome.

– Sofia… és linda.

– Não digas nada – disse Sofia aproximando-se e sem dizer mais uma palavra beijou-o.

Tomé abraçava Sofia e beijava-a intensamente. Ela ia desapertando cada botão da camisa de Tomé até retira-la do seu corpo, atirando-a depois pelo chão da sala. Sofia tirou de forma lenta cada peça que ainda tinha no corpo até ficar completamente nua. Tomé tirou as suas calças atabalhoadamente e lançou-as contra um canto da sala. Ali, perto da lareira, os dois deitaram-se em cima do cobertor completamente nus como tinham vindo ao mundo.

– Sofia, és tão linda. Isto é um sonho.

– Não, Tomé. Não é um sonho, estou aqui de verdade.

- Amo-te.

Dizendo isso os seus corpos uniram-se nos prazeres do amor. Enquanto se ouvia o crepitar da madeira na lareira Tomé penetrou

Sofia com o seu sexo. Os dois, iam soltando gemidos de prazer em cada movimento e toque. As suas mãos eram agora conquistadoras num novo mundo. Reconheciam as virtudes do amor palmo a palmo até que atingissem os dois o momento máximo do prazer. Lá fora a chuva abrandava e o sol começava a espreitar por entre as nuvens.

Tomé e Sofia perdiam-se em carícias abrandando ao ritmo da chuva. Seus corpos enrolados no cobertor saboreavam cada beijo, cada carinho, cada toque. Depois da tempestade bem sempre a sol e o cantar dos pássaros.

– Parece que a chuva passou – disse Sofia deitada sobre o peito de Tomé.

– Parece que sim.

– Deixa-me pendurar o meu vestido numa cadeira para secar melhor.

Tomé observava Sofia, nua, a deslizar pela sala. Um anjo que apareceu no mundo para o amar. Sofia colocou o seu vestido numa cadeira e depois voltou para os braços dele. Tomé pegou em mais dois toros para colocar na lareira.

Deitaram-se novamente em cima do cobertor, enquanto as suas roupas secavam, penduradas nas cadeiras. Ali permaneceram mais alguns minutos, no meio do nada e no centro de todo aquele amor.

– Esta casa era o sítio ideal para mim, depois de me reformar – disse Tomé.

– Sem dúvida que é um local idílico para muita gente!

– Tem tudo! Muito espaço, conforto, uma área envolvente de sonho, com a vinha, as árvores e o rio… E neste momento também tem uma mulher linda.

– És um amor.

– Acho que fomos abençoados pela chuva. – afirmou Tomé.

– Acho que fomos abençoados pelo amor. Gostava de te dizer que já não tenho medo, mas a verdade é que tenho cada vez mais medo.

– Medo!? De que tens medo, Sofia?

– Medo de te perder, agora que te encontrei. Medo de recomeçar tudo de novo.

– Não existe razão para me perderes.

– Mesmo assim, tenho medo.

– Não tenhas medo, Sofia. Nascemos um para o outro, eu sinto-o. Desejamos as mesmas coisas. Coisas simples, como amar-nos e estarmos juntos.

– Diz que nunca me vais deixar.

– Nunca vou deixar de te amar, meu anjo. Prometo-te. Aconteça o que acontecer.

Os dois ali ficaram um pouco mais, abraçados a trocar promessas beijos e carinhos.

Sofia tinha medo do que o pior voltasse a bater à sua porta. Já tinha passado por um divórcio e receava uma perda.

– Vou-me vestir para ir buscar o carro.

– Acho melhor, enquanto não chove.

Tomé beijou Sofia, pegou nas suas roupas agora um pouco mais secas, pelo calor da lareira, e vestiu-as. Olhou Sofia e sorriu-lhe.

– Venho já. Fica um pouco mais a secar a tua roupa.

– Não te demores. Já tenho saudades.

Tomé saiu porta fora, olhou o céu já limpo e seguiu pelo caminho até à entrada.

«Se seguir a margem do rio encontro o carro com facilidade», pensou.

Depois desceu um carreiro, por entre árvores, passando junto ao rio, sem desta vez pegar no barco, para chegar até ao seu carro.

Por entre árvores e ramos caídos, Tomé chegou ao carro. Abriu a porta e meteu-se lá dentro. Fez marcha atrás e deu meia volta. Subiu o caminho entre campos verdejantes até à entrada principal da casa.

– Uau! Que momento lindo acabei de viver! Sofia é mesmo uma mulher magnífica – dizia Tomé em voz alta.

Ele não escondia a sua felicidade. Apetecia-lhe sair do carro e saltar de tanta felicidade que transbordava por ele fora. Saiu do carro, ergueu as mãos ao céu e disse:

– Obrigado, meu Deus! Obrigado, pelo anjo que me enviaste!

Tomé baixou os braços e a porta da casa abriu-se. Sofia saia para o alpendre já com o vestido no corpo, com os seus cabelos soltos e um sorriso de orelha a orelha.

– Já chegaste?

– Fui o mais rápido que pude.

– Acredito que sim.

– Vou pegar na máquina fotográfica, e tirar umas fotos à casa e ao terreno. Aproveitemos enquanto temos sol, depois regressamos a casa.

– Eu vou contigo!

Enquanto Tomé tirava as fotos à casa, Sofia caminhava por entre o jardim. Ia cheirando as flores do jardim, e caminhando sobra a relva transformada em erva pelo tempo. Tomé também aproveitou para fotografar Sofia.

— Isso não vale!

— Não resisti!

— Não me digas que vou ser um argumento de venda – disse Sofia rindo.

— Não. Serás a minha fonte de inspiração. Se te incluísse na venda da casa, o preço subiria muito. Não estaria ao alcance dos meus compradores. E pior teria que fazer um financiamento muito alto para não te perder.

— Está bem. Não entremos em despesas.

— Da minha parte, está feito, já fiz o que tinha a fazer aqui.

— Isso quer dizer que vamos embora?

— É uma hipótese. Ou podemos ficar mais um pouco. O local é agradável e a companhia, um encanto.

— Mas ainda temos uma longa viagem pela frente.

— Sim, tens razão. Vou buscar as chaves e fechar a casa.

Tomé dirigiu-se para a casa, entrou na sala e apagou a lareira, que ainda tinha umas brasas. Olhou à sua volta, lembrando-se dos momentos ali passados nos braços de Sofia. Apanhou o cobertor e as toalhas, que colocou na casa de banho. Fechou a porta e guardou as chaves no seu bolso.

— Já está tudo arrumado. Podemos ir.

— Vou ter saudades deste sítio – comentou Sofia.

— Poderemos cá voltar um outro dia. Quem sabe!

Abraçados, sentaram-se nas escadas da entrada do alpendre e ficaram a observar a paisagem.

— O que nos aconteceu parecia tirado de um filme.

— De um filme não. Talvez de um livro…

— Um livro?

— Sim, de um romance – disse Tomé. – Este foi um dia inesquecível, mas agora temos de ir.

— Eu sei, vamos até ao Porto.

Entraram no carro e seguiram para o Porto. A viagem foi rápida e sem paragens. O caminho de regresso a casa parece sempre mais curto.

— Parece que conseguiste secar o teu vestido.

— Bem, nem digas nada. Parece mais um farrapo.

– Mais uma vez, peço desculpa. O que fizemos foi uma loucura.

– A que te referes? – perguntou Sofia.

– Em termos ido dar aquela volta de barco.

– Ah! Por segundos, pensei que te sentias arrependido.

– Não, Sofia. Não me arrependo de um único segundo passado contigo. Foi simplesmente maravilhoso.

– Para mim também.

– Fico feliz. Agora vai lá, a tua filha deve estar cheia de saudades tuas.

– Vamos falando?

– Claro que sim!

Tomé despediu-se de Sofia, deixando-a mesmo em frente à casa de Cláudia e depois seguiu até sua casa.

Entrou em casa, atirou as chaves para cima da mesa e deixou o seu casaco à entrada, pendurado no bengaleiro.

O dia tinha sido espectacular, mas Tomé não escondia algum cansaço. Resolveu encher a banheira e deitar-se lá dentro. Olhou para o telemóvel e pensou em Sofia.

«Que estará ela a fazer?», pensou. E decidiu mandar uma mensagem.

«Estou deitado na minha banheira, a relaxar. Penso em ti.»

«Parece que ainda não chegou de água para ti hoje!», respondeu Sofia, em jeito de brincadeira.

Ela ia começar a jantar com Cláudia e Inês. Cláudia tinha preparado tudo sozinha.

«Posso dizer que esta água é mais quente.»

«Adoraria estar aí ao teu lado, mas terá de ficar para outro dia», respondeu Sofia.

– Hum… Ainda agora chegaste e o telefone não pára de tocar. Isso que dizer que o dia correu bem? – atirou Cláudia.

– Sim, correu bem.

– Então conta lá!

– Como te disse, fomos a Vila Real ver uma quinta que Tomé vai vender. Acabámos por encontrar um barco e fomos dar uma volta no rio.

– Que romântico!

– Teria sido perfeito se não tivesse começado a chover e nós no meio do rio, sem guarda-chuva nem nada!

– Não! E depois?

– Bem, depois foi um filme! O Tomé remou o mais rápido que pôde até à margem. Descemos do barco e corremos por entre vinhas e árvores em direcção à casa da quinta.

Ao mesmo tempo que Sofia ia contando cada bocadinho de tempo que passou com Tomé a sua cara mudava de expressão.

– Porque não foram de carro?

– Estava um dia limpo, com um sol magnífico, mas de repente começou a chover. Tínhamos deixado o carro muito longe para corrermos até lá.

– E optaram por se abrigarem na casa?

– Sim, quando lá chegámos estávamos todos molhados.

– Deves ter ficado fula! O teu vestido novinho molhado!

– Confesso que, na verdade, não sabia se havia de rir ou de chorar. Sentia-me bem por ali estar, apesar de estar toda encharcada. Sentia uma felicidade enorme só por estar ali!

– E como fizeram para se secar?

- Bem isso agora não interessa muito.

- Conta, conta… Quero todos os pormenores.

– Bem, entramos na casa e Tomé encontrou uma toalha perdida pela casa. Aproveitamos a riqueza da casa e com alguns bocados de lenha acendeu a lareira.

– E depois?

– Bem, depois… – Sofia fez uma pausa e olhou para Cláudia., respirou fundo e continuou – Depois viemo-nos embora.

– Vieram embora!? Sem mais nada?

– Que mais querias que houvesse?

– Hum… Falta contar mais qualquer coisa. Amor no ar… Lareira acesa… Que cenário…Hum… Algo aconteceu…

Sofia fugiu à pergunta de Cláudia, pegou no seu prato e levantou-se da mesa.

– Queres uma sobremesa, que vou buscar?

– Quero saber o resto da história. A sobremesa pode esperar – respondeu Cláudia.

Sofia dirigiu-se para a cozinha mas Cláudia não perdeu a curiosidade e segui-a.

– Cláudia, não há muito mais a contar. Posso dizer-te que não tenho palavras para te explicar o que se passou dentro daquela sala. Acho, que nem sei o que se passou. Mas numa só palavra: foi magnífico.

– Não! Não me digas que vocês…

– Sim, Cláudia. Isso mesmo em que estás a pensar, aconteceu.

– Que grande malandra! Não me ias contar nada?

– Acabei de chegar, ainda não tínhamos tido tempo de conversar. Depois não são coisas para andar por aí a contar. Não foi programado; aconteceu simplesmente.

– Para quem não procurava o amor!

– E não procurei nada. Aconteceu tudo tão de repente. Sinto-me segura quando Tomé está comigo, mas quando ele está longe sinto um formigueiro dentro de mim.

– Sofia, perde o medo e ama!

– Acho que tens razão. Tenho de perder este medo que vive dentro de mim.

– Só te podes arrepender amanhã do que não fizeste.

– Obrigada, Cláudia. Obrigada pelos conselhos e, sobretudo, por seres minha amiga.

– Sempre fui. Sabes disso.

– Sim eu sei, por isso não me canso de dizer «obrigada». Tens sido muito importante para mim nesta fase.

– Ao seu dispor! Agora vamos ver um filme que trouxe do videoclube.

– Boa ideia! Só faltam as pipocas!

– Bem, também comprei.

– És o máximo!

– Eu sei.

Sofia e Cláudia ficaram no sofá a ver uma comédia.

Capítulo 10

Saída de Domingo à noite

Era domingo à noite. Tomé não tinha vontade de sair. Pedro e o seu amigo, ainda tinha insistido para que fossem jantar juntos e depois a algum lado, mas Tomé disse que não, que estava um pouco cansado.

Tinha chegado há pouco do ginásio; eram 19h30 e tudo o que queria era esticar as pernas em cima do seu sofá, ficar na pasmaceira a ver televisão e a ouvir música.

Como quem pega num barco e se dirige para uma ilha, Tomé estava na sua casa, a que ele chamava muitas vezes de «ilha», onde se sentia isolado, longe dos incómodos e do resto mundo – até aparecerem os telefones e os telemóveis.

«Olá, Tomé! Como foi o teu dia?» Sofia enviara uma mensagem e o sorriso de Tomé acendeu-se no seu rosto.

«Olá, Sofia! Correu bem. Cheguei agora do ginásio. E o teu?» respondeu ele.

«Passei o dia a compensar a minha filha da ausência de ontem. E se nos encontrássemos agora, comíamos qualquer coisa juntos. Tenho uma pessoa que te quer ver.»

Tomé ficou pensativo, não estava com muita vontade de sair. Tinha recusado o convite do Pedro para jantar. Mas era Sofia quem convidava e custava-lhe dizer que não, até porque esse também era o seu desejo.

«Não me digas que a tua mãe já está interessada em me conhecer?»

«Não sejas totó! Ela nem sabe que tu existes. Mas há uma menina, que se chama Inês, que tem ouvido falar muito de ti e que gostava de te ver.»

Tomé decidiu ligar.

– Olá, meu anjo! – disse Tomé ao telemóvel.

– Olá, Tomé. Sempre queres sair?

– Sim, claro que sim. Não vamos deixar de realizar o desejo de Inês. Mas diz-me, é algum teste?

– Claro que não!

– Não sei se estou preparado. Não sei como ela irá reagir comigo; não estou habituado a lidar com crianças.

– É fácil, Tomé, sê tu mesmo! Não te preocupes com a Inês, ela é apenas uma criança.

– Eu sei, por isso mesmo...

– Inês é como as outras crianças: deixa-se conquistar muito facilmente. No fundo não são muito diferentes de um adulto, precisam apenas de atenção.

– Então é melhor levar uma caixa de chocolates.

– Se achares que é necessário.

– Mas chocolates para ela ou para ti?

– Para ela. Para mim levares-te a ti próprio é suficiente.

– Acho que vou seguir o teu conselho de mãe.

– E onde nos encontramos?

– Se não for incómodo, vinhas-me buscar aqui a casa.

– Está bem. Daqui a quanto tempo?

– Estarei pronta daqui a vinte minutos. Podes vir quando quiseres!

– Eu estarei aí em pouco tempo. Mas deixa-me fazer mais uma pergunta!

– Sim, estás à-vontade. Podes perguntar tudo!

– Já que tens sempre conselhos tão bons, como faço para conquistar a mãe da Inês?

O silêncio fez-se sentir. Sofia queria dizer que já tinha sido conquistada, que o amava, que ele era tudo o que desejara encontrar há anos, mas preferiu conter-se.

– Bem, nisso acho que não te vou poder ajudar. Segue o teu coração – acabou por responder Sofia.

– Então achas, que é melhor comprar chocolates para as duas?

– Acho que, sim! Pelo menos ganharás beijos doces – respondeu Sofia rindo.

– *Ok*, vou seguir o teu conselho. Estarei aí daqui a quinze minutos.

Tomé desligou o telefone, trocou de camisa, pôs um pouco de perfume e dirigiu-se a casa de Sofia. Estacionou bem em frente à entrada do prédio e enviou uma mensagem.

«As meninas já podem descer, que eu já cá estou em baixo.»

Sofia viu a mensagem, chamou Inês que estava no seu quarto a brincar com as suas bonecas.

– Inês, temos de ir! Veste o teu casaco.

– Está bem, mamã!

Sofia desceu as escadas sorrindo para Inês. Era evidente a felicidade por sair com Tomé. E desta vez ia sair com ele e com Inês, como se fossem uma verdadeira família. Sofia não conseguia esconder como isso a fazia feliz.

– Olá, Tomé! Deixa-me apresentar-te Inês.

– Olá, Inês.

– Olá – respondeu Inês timidamente.

– Lembras-te de mim?

– Não.

– Já nos vimos quando a tua mãe foi a uma feira. Lembraste?

– Sim, já me lembro! Deste-me lápis de cor.

– Sim e hoje trouxe-te uma caixa de chocolates.

– Obrigado.

– Mas não são para ser comidos agora – atalhou logo Sofia.

– Sim, mamã.

– Depois do jantar já os podes comer.

Entraram ambos no carro.

– Onde vamos jantar? – perguntou Tomé.

– Não sei! Onde queres ir?

– Bem, acho que temos de perguntar à Inês! Então, Inês, onde queres ir?

– Ao *McDonald*! – respondeu logo Inês.

– Ao *McDonald* não! – disse Sofia.

– Eu voto na Inês, por isso somos dois contra um!

– Está bem. – concordou Sofia, contrariada.

Tomé ligou o carro e dirigiu-se para o centro comercial Norte Shopping. Estacionou o carro e abriu a portas para que Inês pudesse sair.

– Posso dar-te a mão, Inês?

– Sim.

– Podias ter-me perguntado a mim. Eu também te podia dar a mão – disse Sofia em tom de brincadeira.

– Sim, mas preferi a mão dela – respondeu Tomé, piscando o olho a Sofia.

Sofia de um lado e Tomé do outro deram as mãos à pequena Inês. piscou o olho a Sofia é sorriu.

– Que vão desejar a meninas? – perguntou Tomé.

– Eu quero um *happy meal* com *nuggets* – respondeu Inês prontamente.

– E tu, Sofia?

– Eu queria um menu *Big Mac*.

– Escolham uma mesa que eu já lá vou ter.

– Está bem. Vamos ali para o fundo.

Tomé ficou ao balcão a fazer os pedidos.

– Que trouxeste para ti?

– Apenas um gelado e uma *Coca-Cola*; não tenho muita fome, confesso.

– Estou a ver só tens barriga para as lambarices.

– Mais ao menos. Mas o gelado não é bem uma lambarice.

– Então?

– Digamos que é nutritivo.

– Não te vou contrariar. A seguir peço um para mim – disse Sofia.

Inês em silêncio ia comendo as suas batatas fritas, enquanto Tomé e Sofia iam conversando.

– Estava bom, Inês?

– Sim, estava mesmo bom.

– Agora tenho uma segunda surpresa para ti, Inês. Já ouviste falar na batalha das palhinhas?

– Não.

– Eu vou te ensinar: tens de pegar na tua palhinha e num pequeno papel, depois fazes uma pequena bolinha e essas serão as tuas munições.

– Que fixe!

– Acho que não será boa ideia deixar-te muitas vezes sozinho com a Inês – disse Sofia.

– Não!? Porque dizes isso?

– Os dois juntos fazem o dobro das asneiras.

– É melhor te esconderes que nós vamos te atacar!

– Tomé, não faças isso que as pessoas vão ficar a olhar para nós.

– Já são duas razões para te esconderes mesmo.

– Tu és demais!

Sofia não sabia se havia de rir ou de ralhar com os dois e ia-se escondendo atrás de um guardanapo. Enquanto isso Tomé ia lançando as suas bolas de papel com a sua palha e Inês ia fazendo o mesmo.

– Acho que já chega! Ainda vamos ser expulsos! – disse Sofia.

Por mais que Sofia, manda-se parar mais os dois continuavam. Iam apanhando as pequenas bolas de papel que serviam de munições para reenvia-las. Parecia um bombardeamento contra Sofia.

– Acho que tens razão! Inês, vamos parar a nossa batalha.

– Está bem, Tomé.

– Continuaremos noutro dia, mas não trazemos a tua mãe.

– Se preferirem!

– Estou a brincar!

– Eu sei. Para quem tinha medo de estar com crianças, acho que superaste as expectativas.

– Dizem que as crianças se entendem bem umas com as outras.

– Estou a ver que sim – disse Sofia rindo.

– Vamos dar uma volta pelo *shopping*.

– Sim, pode ser.

Levantaram-se da mesa e Inês ia à frente a brincar com o seu brinquedo do *Happy Meal*. Tomé deu a mão a Sofia e deu-lhe um pequeno beijo nos lábios.

– Parece que tudo voltou ao que era.

– Que queres dizer?

– Já estava com ciúmes da Inês, ela tinha toda a atenção.

– Não era caso para tanto. Inês é uma criança muito comunicativa e alegre.

– Sim, ela é assim mesmo.

– Tens sorte em tê-la. É mesmo genuína. E ela está muito ligada a ti.

– Sim, ela é muito importante na minha vida. E tem sido a minha bengala.

– Eu percebi o que querias dizer com isso.

– E se fossemos ver aquela loja?

– Está bem.

Sofia entrou numa loja de roupa para ver uma blusa e Tomé e Inês seguiram atrás. Pegou na blusa e foi experimentá-la.

– Que achas?

– Fica-te bem.

– Achas que a leve?

– Se gostas dela. Sim, porque não? Fica-te bem.

Sofia entregou a blusa à empregada da loja e foi pagar. Quando Tomé ia a sair alguém chamou pelo seu nome e ele virou-se.

– Tomé.

– Catarina- prenunciou Tomé desassossegado.

– A passear?

– Sim e tu também, pelos vistos. Não tens respondido aos meus telefonemas.

– Tínhamos falado que seria assim. Daríamos espaço um ao outro para decidirmos o que era melhor para nós.

– Eu sei, mas por vezes é mais fácil falar…

– Às vezes – retorquiu Tomé.

– Não me apresentas a linda menina que está contigo? – perguntou Catarina.

– Sim, claro que sim.

Um pouco constrangido, Tomé acabou por apresentar Sofia e Inês a Catarina.

Ele sabia que um dia podia voltar a ter de se cruzar com ela, mas nunca pensou que esse dia fosse hoje. Pensou em fazer de conta que não a tinha visto, mas isso era quase impossível; ela estava mesmo ali ao seu lado.

– Muito simpática a pequenina.

– Sim, é verdade. Mas temos de ir.

– Foi bom ver-te, Tomé.

– A ti também, Catarina – respondeu Tomé virando costas.

Com os olhos postos no chão e em silêncio, Tomé caminhava ao lado de Sofia e pensava no que tinha acontecido.

– Não me vais dizer quem era?

– Era Catarina, a minha ex-namorada.

– Ex-namorada?

– Sim. Nunca te falei muito dela.

– Acabaram há muito?

– Há mais de um mês.

– Hum… Um mês… Ainda está fresco…E vê-la, mexeu contigo?

– Não. Não digo que me foi totalmente indiferente, mas Catarina é um assunto resolvido para mim.

– Então porque não respondes às suas mensagens e aos seus telefonemas?

– Não havia mais nada a dizer. Sabia que alimentar o passado, que não estava certo e me ia fazer mal. E foi uma decisão que ambos tomámos.

– Talvez tenhas razão. Mas porque acabaram vocês?

– Começámos a namorar nos tempos de escola, e nunca mais nos largamos. Os tempos foram passando e acabei por descobrir que entre nós o que existia era amizade e não amor.

– Mas amor também é baseado na amizade, no carinho e na compreensão.

– Eu sei disso, mas já não sentia a chama do amor há muito tempo. Senti que mais valia ir-me embora do que ficar ali a alimentar falsas esperanças. Disse-lhe que estaria a correr o risco de a perder para sempre, mas precisava ficar longe dela para saber se despertava saudade e sentir o amor novamente. Pode haver varias formas de sentir o amor. Nós já não o sentíamos da mesma maneira.

– Mamã, posso comer um daqueles doces? – interrompeu Inês.

– Por hoje já chega de guloseimas!

Tomé chegou-se perto de Sofia, pôs a mão ao ouvido para lhe dizer um segredo.

– Deixa-me satisfazer este desejo à pequena Inês?

– Está bem…

– Inês, podes começar a escolher os doces que consegui convencer a tua mãe.

– Boa, Tomé!

Inês pegou numa pequena saca e escolheu algumas gomas de várias cores.

Sofia pensava no que Tomé lhe contara. Ele tinha deixado de responder às mensagens da sua ex-namorada. E se lhe acontecesse o mesmo? Se de um dia para o outro Sofia deixasse de ter notícias de Tomé? Sofia não queria pensar nisso por enquanto. Tomé estava bem ali à sua frente, empenhado em agradar Inês, como se pedisse permissão para ficar com as duas.

– Parece que consegui fazer alguém feliz – disse Tomé.

– Sim, para quem tinha receio de sair com uma criança!

– Apenas segui o teu conselho. Quando temos uma ajuda as coisas ficam mais fáceis.

– Inês, agora já chega! Está na hora de ir para casa. Amanhã é dia de escola, precisas de dormir – disse Sofia.

Tomé foi deixá-las em casa de Cláudia.

Os três desceram pelas escadas rolantes do centro comercial até ao parque de estacionamento. Em seguida entram no carro em direção a casa de Cláudia.

– Chegámos meninas!

– Obrigada, Tomé, pela noite de hoje.

– De nada. E tu, Inês, gostaste desta noite?

– Sim, Tomé, adorei!

– Ainda bem, temos de repetir – disse Tomé.

– Agora vai para cima, que eu já vou ter contigo, Inês. A Cláudia já abriu a porta.

– Dás-me um beijo, Inês? – pediu Tomé.

– Claro que sim!

Inês deu um beijo a Tomé e ele deu-lhe um forte abraço.

– Vais lá para cima agora! – disse Sofia.

Tomé ficou em silêncio à espera que Inês entrasse e começasse a subir as escadas.

– Obrigada mais uma vez pela noite de hoje. Acho que a Inês gostou de ti.

– Ainda bem, eu também gostei muito dela.

– Embora tivesse receado que o gerente do *McDonalds* nos expulsasse do restaurante.

– Não sejas mazinha! No fundo também gostavas de ter entrado naquela batalha.

– Talvez, mas alguém tinha de manter o nível. Diz-me?

– Sim?

– Também um dia vais deixar de me responder às mensagens? – perguntou Sofia.

Tomé ficou sem reação, não estava a espera daquela pergunta. Ela tinha ficado com esse pensamento desde que encontrou Catarina no centro comercial. Toda aquela história tinha mexido com os seus pensamentos.

– Não estou a entender a pergunta!

– Foi o que eu ouvi a Catarina a dizer.

– Sofia, por favor, não vás por aí! Não existe razão para pensares nisso.

– Mas tenho medo, Tomé. Já te tinha dito.

– Medo de quê?

– Medo que tudo o que tenha idealizado contigo desapareça! Que tudo o que estejamos a viver seja uma ilusão ou um sonho.

– Não vai desaparecer.

– Como podes garantir isso?

– Eu amo-te, Sofia. Não tenhas dúvidas do que te digo.

– Eu também te amo, mas sinto-me insegura. Preciso de ouvi-lo mais vezes para me sentir segura comigo mesmo.

– Eu também tenho medo, apenas não deixo que ele me persiga.

– Abraça-me! – pediu Sofia.

Tomé abraçou Sofia com toda a força e apertou-a contra o seu peito.

– Eu estarei sempre aqui. E tu estarás sempre no meu coração. Aconteça o que acontecer.

– Obrigada, Tomé. Estava a precisar de ouvir isso.

– Não sentes o meu amor?

– Sim, sinto-te apaixonado.

– Então não vamos ter medo?

– Eu sei que tenho de ser menos insegura.

– Eu estou aqui, Sofia. Não há razão para teres medo.

– Então diz novamente que me amas. Preciso ouvi-lo outra vez.

– Eu amo-te, Sofia. Amo-te mais do que a minha própria vida. Agora vai lá, a Inês já subiu há algum tempo.

– Sim, tens razão. Até amanhã.

– Até amanhã, meu anjo – respondeu Tomé.

Tomé entrou no carro e seguiu para casa. Sofia subiu as escadas fechou a porta do apartamento e ficou, por segundos, encostada à porta a pensar em tudo o que tinha vivido com Tomé nesta noite.

Sentiu nas suas palavras o carinho e nos seus braços a proteção de que precisava. Sentiu que uma nova família se podia formar, encontrando a paz e o amor que tanto precisava.

Capítulo 11

A mensagem de Catarina

Catarina tinha visto Tomé pela primeira vez desde que tinham terminado o seu relacionamento. Catarina tinha tentado vezes sem conta falar com Tomé. Ligava e mandava mensagens pelo seu telemóvel, sempre que podia, tentando não deixar arrefecer o calor da paixão, mas nunca obteve resposta. Ver Tomé foi uma espécie de regresso ao passado. Tinha-lhe doído, sobretudo porque ele estava acompanhado.

Catarina tinha ido ao *shopping* fazer umas compras, mas acabou por não comprar nada, ficou sem cabeça. Regressou a casa o mais rápido que pode. Assim que chegou a casa dirigiu-se para o seu quarto onde se refugiou abraçada aos lençóis da cama. Pegou no telemóvel e ligou à sua melhor amiga, Ângela. Tomé nunca tinha gostado muito dela, mas era a sua melhor amiga, agora não tinha mais ninguém a quem pudesse desabafar as suas mágoas.

– Estou? Ângela?

– Tudo bem, Catarina?

– Mais ao menos.

– Mias ao menos…Então, que se passa?

Catarina falava por entre lágrimas e soluços, e explicava à sua amiga o que tinha acontecido.

Já tinha dito a si mesma que iria seguir em frente, mas, na verdade, ainda tinha esperança de que Tomé voltasse um dia. E tinha-lhe custado tanto vê-lo com outra mulher, que estava a ocupar o seu lugar, que fora seu durante anos.

– E deixaste que ele fosse embora sem uma explicação? Foram sete anos de namoro! Há tanta coisa que acontece, e se constrói que não se apaga assim de um dia para o outro.

– Ângela, acredita que quando o vi, pensei em dizer que ainda o amo, que não tinha deixado de pensar nele.

– Então porque não lhe disseste que ainda o amavas?

– Fiquei bloqueada.

– Como assim?

– Quando olhei para o lado vi que ele não estava sozinho.

– Estavam de mão dada?

– Não. Estava apenas com uma mulher e com a filha dela. Fiquei sem saber o que fazer. Não queria fazer nenhum escândalo.

- E quem era a pequena? Achas que a miúda pode ser filha dele? Fruto de uma relação antiga...

– Ângela, por favor, não exageres!

Cataria, estava mesmo em baixo e um pouco fora dela, elevou o som da voz, e atirou a travesseira que estava mais próxima contra a porta de entrada do quarto.

– Calma, era só uma pergunta.

– Podia ser apenas mais minha amiga. Preciso do apoio de toda a gente para sair deste buraco.

- Desculpa.

– Não sei, Ângela. Mas dói muito vê-lo com outra pessoa.

– Catarina, eu entendo. E que pretendes fazer?

– Não sei. Sinto-me desesperada. Precisava de falar com alguém.

Ângela do outro lado da linha pensava como podia ajudar a amiga. Sentada na beira da sua cama, Catarina ia limpando as lágrimas que não paravam de escorrer pela cara abaixo.

– Ângela, ainda aí estás?

– Sim. Acho que deves falar com ele e explicar que ainda gostas dele, que queres que ele volte para ti.

– Não vai resultar. Nem responde às minhas mensagens.

– Diz-lhe que estás grávida!

– Só podes estar a brincar!

Catarina arregalou os olhos quando ouviu aquilo.

– Não. É mesmo a última coisa que te resta.

– Não posso fazer isso; é mentira. Não vou mentir.

– Escuta: Tomé é sensível a esse tipo de coisas, ele seria incapaz de deixar um filho sozinho.

– Eu sei.

– Enquanto arranjas uma outra maneira de o manter perto de ti, dizes-lhe que estás grávida. Muitas outras mulheres já o fizeram.

– Mas não estou grávida, Ângela!

– Eu sei, mas se ele não sabe! Podes sempre engravidar depois!

– E se ele pede-me para abortar?

– Não, ele é contra ao aborto. Lembro-me que já falámos sobre isso. Nunca te deixaria abortar se tivesses grávida.

– Ângela, não sou capaz de mentir ao Tomé.

– E preferes vê-lo nos braços de outra mulher?

– Não, sabes bem que não.

– Então liga-lhe e diz-lhe que estás grávida!

– Ângela, não consigo.

– Então tens de deixá-lo ir à vida dele e esperar que um dia ele volte para ti. Ou simplesmente que case com outra pessoa. Enquanto tentas sair desse buraco onde estás metida.

– Não digas isso!

– Catarina, sei que não é a melhor solução, mas não te resta mais nada.

– Não consigo estar frente a frente com ele e mentir-lhe. Tomé conhece-me melhor que ninguém e iria descobrir na hora.

– Então manda-lhe uma mensagem. Diz-lhe simplesmente que te sentiste enjoada e que decidiste ir à farmácia comprar um teste de gravidez e que descobriste que estás grávida.

– Ângela, não consigo mentir-lhe.

– Catarina, ligaste em lágrimas a pedir-me que te ajudasse. Já te disse o que eu faria para não perder o homem que amo.

– Mas e o amor? Onde está o amor nesta história?

– O amor constrói-se com o tempo. As loucuras dos vinte anos já vocês as viveram. Agora tens é que pensar na família e tê-lo ao teu lado. Se é isso que queres.

- Claro que é isso que quero.

_ Então vai a luta.

– Ângela, obrigada por me teres ouvido uma vez mais. Mesmo quando o teu conselho não me agrada; sei que és minha amiga e que me estás a tentar ajudar.

– Só te quero ver novamente feliz.

– Ângela, obrigada! Depois falamos.

– Um beijinho, Catarina. Alguma coisa, liga-me!

Catarina desligou o telemóvel, limpou as últimas lágrimas e saiu da casa de banho.

«E se Ângela tiver razão?», pensava. «Se Tomé soubesse que estava grávida voltava para mim. Não tenho nada a perder, vou fazer o que Ângela disse e vou mandar uma mensagem a Tomé a dizer que estou grávida.»

Catarina não hesitou mais. Sabia que se pensasse muito no assunto não teria coragem para o fazer. Bastava enviar uma mensagem e esperar pela reacção de Tomé.

«Tomé, sei que não respondes às minhas mensagens, mas precisamos de falar.»

Tomé estava já em casa, deitado na sua cama a ver um programa na televisão, quando o telemóvel tocou.

«Porque será que ela insiste? Sabe bem que não vou responder», pensou ele. Voltou a deitar-se e não respondeu à mensagem. Catarina do outro lado esperava uma resposta de Tomé.

«Tal como pensava; já passaram dez minutos e ele não respondeu. Vou mandar outra.»

«Sei que não vais responder, mas tenho de te dizer uma coisa importante: Estou grávida e não queria que soubesses por outra pessoa. Não te estou a pedir nada, apenas quero que saibas.»

Tomé ouviu novamente o telemóvel tocar, mas não se quis levantar. «Ainda pode ser outra vez Catarina a insistir», pensou. Mas de repente lembrou-se: «E se não for Catarina e for a Sofia?». Achou por bem levantar-se e ver de quem era a mensagem. Leu uma vez e voltou a ler outra. Não queria acreditar. Não sabia o que fazer; se devia ligar a Catarina ou se devia ir procurá-la.

– Não é possível! Se fosse verdade ela já me teria dito há mais tempo – dizia Tomé em voz alta.

Sentou-se na beira da cama e ficou a fazer contas de cabeça a ver se havia alguma hipótese de ser verdade; tinham deixado de andar juntos há mais de um mês.

– Não posso ficar aqui parado a dar cabo da cabeça. O melhor é ligar-lhe! – disse em voz alta.

O telemóvel tocou vezes sem contam, mas Catarina não atendeu. Tomé voltou a insistir mais uma vez.

– Estou?

– Sim, Tomé?

– Que quer dizer esta mensagem?

– Tomé, quer apenas dizer o que está aí escrito.

– Tu estás mesmo grávida?

– Sim, Tomé, estou.

– Não é possível!

– É possível sim. A prova disso é que posso te mostrar os exames.

– Não é isso que quero dizer. Se dizes que estás grávida, eu acredito! Porque me mentirias!?

– Não preciso de mentir, aconteceu. Não te estou a cobrar nada e não deixarei que falte nada ao nosso filho.

Tomé ao ouvir aquelas palavras ficou em silêncio, andando de um lado para outro enquanto ia coçando a cabeça.

Não queria acreditar. Que ia fazer? Ele amava agora outra pessoa. Se ao menos fosse Sofia que tivesse grávida tudo seria mais simples. Ele já tinha dito que a amava.

– Sabes bem que não fico indiferente à existência desse filho.

– Não foi por isso que mandei a mensagem. Mandei apenas para saber que vais ser pai em breve.

Catarina não queria alongar-se muito mais na conversa, com medo de ser apanhada pela mentira.

– Fizeste bem. Não te perdoaria, se me escondesses isso.

– Nunca o faria. Sabes que ainda te amo.

– Eu sei que sim, mas não mistures para já as coisas. Eu estou com outra pessoa agora. Preciso de pensar no que vou fazer daqui para a frente. Preciso de cair em mim.

– Como quiseres, Tomé. A escolha é tua. Já vi que não perdeste tempo em arranjar alguém para me substituir. Tchau – disse Catarina desligando a chamada.

Tomé sentou-se na beira da cama e deixou-se cair para trás. Não sabia o que fazer.

«Como iria Sofia reagir ao facto de eu ter um filho? O que Sofia iria pensar quando soubesse que Catarina estava grávida?» Tomé ia fazendo mil e uma perguntas. «Não posso perder Sofia, eu amo-a! Mas não se pode abandonar um filho.»

Tomé ia-se debatendo com todas estas dúvidas. Ia ser pai e não estava preparado para isso.

«Preciso de falar com Sofia», pensava.

Capítulo 12

Tomé conta a Sofia sobre a Gravidez

Tomé acordou com uma terrível dor de cabeça. A noite tinha sido bastante atribulada. Acordava de hora a hora a pensar em tudo o que estava a acontecer. Estava no meio da ponte sem saber o que fazer. Como iria reagir Sofia quando soubesse. De certeza que nunca mais iria confiar nele. Sabia que ia ter um dia longo pela frente.

«Como estará Catarina hoje? Como estará a reagir à gravidez?», pensava. Vou mandar uma mensagem a perguntar-lhe.

«Olá. Desculpa chatear-te, mas gostava de saber como estás?»

Catarina estava incrédula ao olhar para o telemóvel. Tomé em menos de 24 horas já estava a mandar mensagens para saber como estava.

«Acabei de acordar. Estou bem, vou tomar o pequeno-almoço.»

«Sim, vai lá. Agora tens de ter mais cuidado com os horários das refeições e com o que comes.»

Catarina tinha conseguido, por fim, captar a atenção de Tomé. Ângela tinha razão. Tomé ia voltar a ligar-lhe e a preocupar-se com ela. Restava saber por quanto tempo Catarina ia conseguir esconder uma falsa gravidez. Se voltasse para ela definitivamente podia sempre fazer com que ficasse verdadeiramente grávida.

Tomé tomou o seu banho, vestiu-se e tomou café e foi para o escritório. Entrou em silêncio e pensativo. Pousou a pasta na sua secretária e cumprimentou os colegas de trabalho. Foi à máquina tirar um café e foi-se sentar novamente na sua secretária.

Ainda não sabia como ia ser a reacção de Sofia, mas precisava pensar e estruturar uma forma de o dizer, e ganhar coragem para lhe contar. Entretanto o telemóvel toca.

– Olá, Tomé!

– Olá, Sofia. Bom dia!

Tomé engoliu em seco, antes que ele tivesse tempo de ligar, já tinha Sofia do outro lado. O medo de que pudesse saber alguma coisa subia pelo corpo acima. Quantas mulheres ligam umas às outras para se afastarem dos seus namorados ameaçando-as.

– Pareces nervoso. Estou a interromper alguma coisa? Posso sempre ligar mais tarde.

– Não, está tudo bem. Apenas me apanhaste no meio de um processo.

– Dormiste bem? – perguntou Sofia.

– Sim. E tu? – Tomé estava a ser evasivo.

– Dormi com um anjo.

– Tu és um anjo, Sofia

– Não comeces.

– Diz-me: estás de serviço hoje?

– Só vou fazer noite; entro às oito.

– Então podíamos tomar café?

– Por mim, sim.

– Encontramo-nos no Recanto.

– *Ok*. Assim quando fores embora ainda passo no hospital.

– Por volta das 13h30. Pode ser?

– Está combinado. Um beijinho e bom trabalho!

– Obrigada. Igualmente.

«Igualmente!? Devo estar mesmo fora de mim, já nem digo coisa com coisa. Como vou dizer agora que Catarina está grávida. Como irá ela reagir? O que farei se ela se quiser afastar?»

Tomé ficou no escritório a trabalhar e nem deu conta do tempo passar.

– Já são horas de ir almoçar – disse António.

– Sim, eu sei, mas vou ficar mais um pouco. Vai indo que eu fecho a porta. Hoje almoço mais tarde – respondeu Tomé.

– Está bem, até já!

– Bom almoço, António!

Tomé ficou mais um pouco no escritório até chegar a hora de ir ter com Sofia. Não tinha fome. Abriu a gaveta da secretária, tirou um pacote de bolachas e ia enganado os nervos e a ansiedade enquanto as comia.

Olhou para o relógio e viu que faltava apenas 30 minutos para a hora combinada. Respirou fundo, pegou nas chaves, fechou o escritório e dirigiu-se ao café. Quando lá chegou reparou que Sofia ainda não tinha chegado. Sentou-se numa mesa e resolveu esperar.

Aqueles minutos, sozinho, iam dar-lhe tempo para pensar mais um pouco.

– Por favor, traga-me um sumo de laranja – pediu Tomé ao empregado já no café. E ficou a pensar no que ia dizer a Sofia.

– Olá, Tomé! – disse Sofia ao chegar.

– Sofia! Olá! Não te vi chegar.

– Isso reparei eu! Estavas aí concentrado nesse copo de sumo.

– Estava a pensar?

– Está tudo bem?

Tomé levantou-se para beijar Sofia e abraçou-a com bastante força, como se fosse uma despedida. Apertou-a mais força contra o seu peito e disse baixinho:

– Amo-te tanto, Sofia!

– Está tudo bem? – perguntou outra vez Sofia preocupada.

– Não.

– Que se passa Tomé?

– Senta-te, precisamos de falar.

Sofia, puxou uma cadeira com um olhar preocupado sobre o que teria Tomé de tão importante para dizer.

– Diz rápido, Tomé! Estou a ficar preocupada.

– Ontem vimos a Catarina no *shopping*, lembras-te?

– Sim, lembro-me. E depois?

– Ela ontem à noite mandou-me uma mensagem a dizer que queria falar comigo. Eu ignorei e depois ela enviou-me outra.

– O que dizia?

– Ainda a tenho aqui, posso mostrar-te. Pega, lê tu.

Sofia pegou no telefone e leu em silêncio. Não queria acreditar. Olhou para Tomé e começou a ler tudo de novo. Não queria acreditar, parecia uma brincadeira de mau gosto.

«Sei que não vais responder, mas tenho de te dizer uma coisa importante: Estou grávida e não queria que soubesses por outra pessoa. Não te estou a pedir nada, apenas quero que saibas.»

– Que quer dizer isto, Tomé? – perguntou Sofia.

– Ela diz que está grávida e que eu sou o pai.

– Mas há quanto tempo acabaram?

– Há mais de mês; quase dois.

– E depois disso nunca mais estiveste com ela?

– Não, Sofia. Juro-te que nunca mais tive nada com ela. Nem de longe nem de perto. Ela mesmo o disse no quando nos cruzamos no *shopping*. Não respondi às suas mensagens, nem atendi os telefonemas. Nem sei o que dizer.

– Já falaste com ela?

– De seguida liguei-lhe.

– E ela que disse?

– Que estava grávida e que não queria que me preocupasse com nada. Que nada iria faltar ao nosso filho. Apenas que queria que eu soubesse que ia ser pai.

– E tu, que pensas fazer?

– Não sei. Sinceramente não sei.

– E falaram em aborto?

– Sofia, ela nunca o faria. E eu nunca lhe pediria tal coisa. Não era humano pedir tal coisa, a alguém.

– Então? Vais-te casar com ela!?

As perguntas de Sofia, pareciam uma metralhadora. Era uma trás de outra e Tomé estava a ser fuzilado ficando algumas das vezes sem, folgo.

– Não, já nem temos nada um com o outro…Sabes bem que te amo. A única coisa que sei, é que não, te quero, perder…Por nada deste mundo.

– E que queres que eu faça? Sabes bem que quando a criança nascer vais querer passar mais tempo com ela do que comigo. Já vi muitos casos desses e sei como vai acabar.

– Que queres dizer?

– Acho, que é melhor deixarmos de nos ver, Tomé.

– Porquê? Porque dizes isso?

– Olha para ti! Estás completamente em baixo. Precisas de te concentrar no que é mais importante para ti. Vais ser pai!

– Sofia, uma coisa não tem nada a ver com a outra.

– Eu não quero criar falsas esperanças.

– Por favor, não me abandones, Sofia.

– Não te estou a abandonar, Tomé.

– Estás sim. Estás a virar-me as costas por algo que se passou antes de nos conhecermos.

– Estou apenas a deixar-te espaço para que possas viver a tua vida. Tu sabes onde eu moro. Vamos falando.

– Sofia, eu amo-te. Amo-te como nunca amei ninguém.

– Tomé, eu também te amo, mas não posso ficar no meio de ti e de um filho.

– Não quero que fiques no meio, Sofia. Quero que fiques do meu lado.

– Tomé, é melhor ir-me embora. Vamos dar um tempo. Talvez não nos vermos por enquanto. Não me leves a mal, mas é o melhor por agora. Deixemos a poeira assentar.

– Por favor, Sofia, não faças isso.

– Tchau, Tomé.

– Sofia – voltou a chamar Tomé.

Ela levantou-se e saiu do café. Sem olhar para trás, atravessou a rua e com uma lágrima no olho ia lamentando toda esta situação. Amava Tomé, mas não podia ficar ali a alimentar um amor que trazia muitas incertezas.

Sofia sabia muito bem o que era ser mãe, sabia que ninguém deixa um filho para trás. Ela era mãe sozinha, fazendo muitas vezes de pai. Não desejava isso a ninguém. Afastar-se seria o melhor por agora.

– Não posso perdê-la, eu amo-a! – dizia Tomé a si mesmo.

«Por favor, não me deixes de amar.» Tomé mandou uma mensagem a Sofia, mas não obteve resposta. Parecia que lhe tinham tirado o chão debaixo dos pés. Estava a sentir na pele a aquilo que tinha feito outra hora a Catarina.

Capítulo 13

Reflexão na igreja

Tomé já não sabia o que fazer. A angústia e o medo assaltavam-lhe o pensamento. Tinha de tomar uma decisão e não sabia qual. Tentava ser racional: queria pensar em Catarina e no seu filho, mas o coração dizia para não deixar de lutar por Sofia, o seu grande amor. Quantas vezes, tinha desejado um amor assim! O que podia fazer? Sofia já há dias que rejeitava as suas chamadas e não respondia às mensagens.

Meteu-se no carro e decidiu ir até à igreja de St. António, onde se deslocava aos domingos para à missa e onde ia muitas vezes para encontrar paz de espírito e respostas que teimavam em aparecer.

Estacionou o carro mesmo em frente à igreja, num pequeno parque calcetado em paralelo, com árvores enormes. Subiu as escadas em pedra e entrou e entrou pela porta lateral em madeira. Com a mão direita tocou na água benta da pia em pedra e levou-a à testa, benzendo-se. Respirou fundo e sentiu o silêncio desejado.

Deu uma dúzia de passos enquanto caminhava, ia rezando em silêncio. Uma igreja pequena e acolhedora, colocando os seus cristão mais perto das figuras e dos altares. A imagem por detrás do altar com Jesus a ser tirado da cruz com o mundo a seus pés. Parou mesmo em frente à imagem de Jesus crucificado. Ajoelhou-se e fixou o seu olhar durante alguns segundos naquela imagem.

– Meu Deus, diz-me o que faço? Dá-me um sinal, peço-te meu Deus... Guiai-me! Qual o caminho que devo percorrer?

Batia com as mãos no peito com toda a força e com seus olhos humedecidos pela emoção e dizia:

– Meu Deus, diz-me que não me estás a castigar por ter abandonado o seminário...Por não ter chegado a ser padre, depois das promessas que aqui fiz!

Tomé deixou cair seu corpo para a frente, ficando deitado de barriga para baixo com os braços abertos. Aquela imagem era assoladora e deprimente. Tinha desistido de ser padre, depois de alguns anos no seminário, e achava, que, Deus o estava a castigar por isso.

– Não a quero perder! – dizia Tomé em voz alta ali no chão.

Nesse instante alguém entrou na igreja. Vendo uma pessoa no chão, correu na sua direcção temendo algo de grave.

– Você aí, Está tudo bem? – Era o padre daquela igreja. Correu em direcção ao corpo ali deitado no chão. Levantou-o e de imediato reconheceu-o.

– Tomé! Que fazes aqui? Que aconteceu?

– Filipe!? És tu!

– Sim, sou. Que fazes aqui neste estado? Quem morreu?

– Acho... Que, quem está a morrer sou eu.

– Tu? Porque dizes isso? Estás doente?

– Sinto-me a morrer aos poucos por dentro. Sinto-me perdido, preciso de falar... Preciso de falar contigo – dizia Tomé soluçando.

Filipe tinha sido colega de seminário de Tomé.

– Anda, vamos falar para um local mais calmo! – convidou Filipe e foram para a sacristia. O Padre Filipe pegou em duas cadeiras, pediu a Tomé que se sentasse e de seguida encheu um copo de água.

– Toma, bebe e diz-me o que se passa.

Tomé bebeu aquele copo de água de um fôlego.

– Não sei que faça, estou num grande dilema.

– Como assim?

– Conheci a Sofia, uma mulher maravilhosa.

– Mas tu tens namorada! Não me digas que traíste a tua namorada e ela deixou-te.

– Não, não foi isso. Como te estava a dizer, conheci a Sofia, uma mulher maravilhosa. Temo-nos encontrado e falado. Ela faz-me sentir coisas que nunca senti antes.

– E a Catarina?

– Eu e Catarina acabámos já há algum tempo. No fundo, já não havia amor, apenas amizade. Cada um seguiu o seu caminho. Pensava eu.

– Não sabia – disse Filipe.

– Penso que o tempo esgotou o nosso amor, ou talvez tivéssemos confundido a amizade com o amor.

– Sim, mas mesmo assim ainda não percebi.

– Sim, tens de ouvir. Com Sofia tudo se transforma, tudo se resume a nós, como se o mundo parasse. No fim-de-semana Catarina cruzou-se comigo e com Sofia e pouco depois mandou-me uma mensagem a dizer que está grávida. Diz que não me pede nada, mas sei que, na verdade, pretende casar comigo.

– E sabias disso, que ela estava grávida?

– Claro que não! Se soubesse não me teria iludido com Sofia. Agora que conheci Sofia estou muito dividido... Quer dizer... Não estou dividido, sei o que quero. Ela completa-me. Tenho direito à minha felicidade e sinto que ma tiraram.

– Desculpa, Tomé, ainda não compreendi... - disse Filipe confuso.

– A pessoa de que te falo, por quem me apaixonei, é divorciada e tem uma filha. Se a pudesse descrever numa única palavra diria é fenomenal. Ou simplesmente, um anjo que resolveu iluminar o meu caminho.

– Mas vocês falam-se?

– A parte pior é essa: ela disse que era melhor afastar-nos. E depois desse dia deixou de atender às minhas chamadas.

– É o orgulho ferido, mas o amor não morre assim.

– Mas também sei que não posso abandonar o meu filho. Essa criança precisa de um pai e eu tenho de estar presente quando nascer, sempre que acorde e sempre que se deite... Um filho sem o seu pai é como nascer coxo, caminha mas sem o apoio de um pai. Eu sei o que isso é...Não quero que lhe aconteça o mesmo.

– Sabes Tomé... Às vezes é difícil fazer escolhas.

– Eu sei.

– Tu escolheste o teu caminho quando estávamos no seminário. Nessa altura disseste que não te podias enganar a ti próprio, lembras-te?

– Filipe, não podia ficar se a minha fé me dizia para partir. Se comecei a ver a minha vida fora da igreja.

– Bem, acho que tu já tomaste a tua decisão e, por isso, vieste aqui pedir perdão a Deus. Tu tens a Catarina, ela está grávida e vocês já são uma família. Já deviam até estar casados!

– Sabe, Filipe, se fosse assim tão fácil como dizes não estaria aqui. Se a minha decisão já estivesse tomada não estaria aqui a pedir que me aconselhasses, mas, sim, a pedir que marcasses o meu casamento.

– Estou sem palavras. Há muito que não te via assim, tão determinado.

– Acho que eu e a Sofia temos algo mágico. A sua voz, a sua beleza, a sua maneira de ser é simplesmente única...

– Estou a ver...

– Mas agora que sei que a Catarina está grávida e não a posso abandonar, nem abandonar o filho que ela carrega. O meu filho.

– E o que pretendes fazer?

– Sofia vai me odiar.

– Talvez não! Talvez compreenda e aceite a verdade.

– Nunca mais será a mesma coisa, senti isso quando as duas se cruzaram. Senti isso quando eu lhe contei que Catarina estava grávida. Só queria que em vez de Catarina fosse Sofia a estar grávida de um filho meu. As coisas estariam por si só resolvidas.

– Sabes, Tomé, por vezes, Deus mostra-nos o caminho mais doloroso por alguma razão.

– Acho que deus me castiga por ter abandonado o seminário.

– Não, Tomé. Deus não castiga ninguém. Por vezes coloca-nos à prova, mas não castiga. Antes pelo contrário, ele ama-nos.

– Talvez tenhas razão. É apenas a minha raiva a falar mais alto.

– Tens de ir com calma e falar com Sofia. E depois falar com Catarina.

– Sim, é o que vou fazer. Ainda bem que vim falar contigo. Sabia que terias uma palavra amiga para mim.

– Enquanto padre, sabes bem que não te posso apoiar em todas as tuas decisões.

– Eu sei.

– Mas como amigo estarei sempre incondicionalmente ao teu lado, seja qual for a tua decisão.

– Obrigado, Filipe.

Tomé abraçou Filipe agradecendo todo o apoio que lhe tinha dado. Tomé sabia que a última decisão era dele.

Capítulo 14

A dor da Mentira

Por mais que Tomé olhasse para o telemóvel à espera de uma mensagem ou de uma chamada de Sofia, o telemóvel não tocava e ele começava a duvidar do seu amor. Dos momentos de louca paixão que viveram juntos.

«Ela decidiu, o que achou, que era melhor para ela. Talvez não tivesse suficientemente apaixonada. Pensei que este amor era tão forte para ela como para mim, mas enganei-me. Ela desistiu ao primeiro obstáculo», pensava Tomé.

– Tomé, chegue ao meu escritório – pediu Bernardo.

Quando já estava no escritório do seu chefe há algum tempo ouviu o seu telemóvel dar sinal de mensagem recebida.

«Será que é a Sofia?», pensou.

– Sr. Bernardo, uma vez que já temos tudo tratado, dê-me licença.

– Claro, Tomé. Esteja à-vontade.

Tomé dirigiu-se cheio de pressa à secretária, onde tinha deixado o telemóvel. Tinha esperanças que ela, por fim, tivesse respondido às suas mensagens e não queria fazê-la esperar um minuto.

«Hoje podemos jantar juntos?» Era Catarina. Devagarinho ia entrando na vida de Tomé. Ele queria ficar contente com a mensagem, mas não era de quem ele estava à espera.

«Quem me dera que esta mensagem fosse de Sofia! Acho que vou mandar mais uma vez uma mensagem a Sofia», pensou.

«Olá, meu anjo. Tenho tantas saudades tuas! E temos tanto para falar. Queres jantar comigo?»

Tomé ficou a aguardar uma resposta que tardava em chegar. Mas passado alguns minutos teve uma resposta.

«Tomé, como te disse, por mais que te ame, por mais que deseje que estejas sempre ao meu lado, tu vais ser pai e deves ficar ao lado do teu filho.»

«Como é que ela pode ser assim tão fria? Afastando-se de mim depois de tudo o que nós vivemos juntos?», pensava.

Por mais que Tomé se esforçasse para entender o afastamento de Sofia não conseguia perceber a decisão dela.

Tomé continuou a insistir mandando mensagens e fazendo telefonemas. Mas como resposta só tinha silêncio, que o magoava muito.

Às vezes achava que tudo o que tinha vivido com Sofia tinha sido um sonho do qual não queria acordar.

«Sei que o meu filho precisa de mim, mas eu preciso de ti para viver» escreveu Tomé numa mensagem que enviou a Sofia.

Tomé ficou à espera que Sofia se rendesse ao amor que ainda sentia por ele.

«Tomé, neste momento quero ficar sozinha. E tu deves seguir o teu caminho. Não quero estar entre ti e o teu filho e com a mãe sempre por trás.»

«Não vale a pena continuar assim. Penso que tenho de seguir o mesmo caminho. Por muito que me possa custar» pensou. E depois escreveu:

«Seguirei o meu caminho, esse é o teu desejo. Quero que saibas que enquanto o meu coração bater será sempre teu. Podes tê-lo pedacinho por pedacinho ou inteiro.»

Enquanto segurava o telemóvel com força, Tomé fechou os olhos por segundos, imaginando uma vez mais o rosto de Sofia a sorrir. Aquela cara de porcelana preencheu-lhe todo o pensamento. Queria tanto que tudo voltasse a ser como dantes. Queria senti-la novamente nos seus braços. Era muito forte a dor que sentia no seu peito. Queria dizer o que não disse, partilhar o que não teve tempo de partilhar, viver tudo o que não viveu ao lado dela.

– Tomé, preciso que me ajudes aqui no computador – pediu Alfredo.

Tomé levantou os olhos na direcção de Alfredo, mas não se sentia com paciência para nada, nem ninguém.

– Peço imensa desculpa, Alfredo, mas preciso de sair.

– É só um minuto. Depois já podes sair.

– Alfredo, não estou bem. Preciso de sair… Desculpa.

Tomé saiu do escritório deixando Alfredo a falar sozinho. Entrou no carro e seguiu até à Foz. Estacionou o carro e saiu em direcção à praia. Caminhou sobre a areia até chegar a umas rochas onde se sentou. Ali ficou durante algumas horas a sentir o vento na cara e a ouvir o barulho do mar a bater nas rochas. Precisava acalmar toda aquela ansiedade.

«Queria tanto ter-te aqui, Sofia! Queria abraçar-te mais uma vez e sentir o teu perfume. Queria repetir vezes sem conta que te amo…», pensava Tomé.

– Sofiaaaaaaaaaaa! – gritou Tomé. E bem alto repetiu o seu nome, como se arrancasse a dor do seu peito, retirando as raízes do seu nome e do seu amor que se agarravam ao seu coração. Faria qualquer coisa para que Sofia voltasse, nem que tivesse de vender a sua alma ao diabo.

«Por mais que lute ou grite, ela não vai voltar.» Limpou as lágrimas que corriam pela sua cara abaixo, passou a mão pelo cabelo e, respirando fundo, olhou mais uma vez para o telemóvel. Tinha mais uma mensagem.

«Pelo teu silêncio presumo que hoje não vamos jantar juntos.» – Era Catarina.

«Acho que Catarina merece que lhe responda, sempre esteve ao meu lado. Mesmo quando eu a deixei, ela lutou pelo meu amor. E agora esta grávida de um filho meu…», pensava.

«Peço desculpa não ter respondido mais cedo, estava ocupado. Ligo-te mais logo para combinar onde vamos jantar.»

E pensava: «Vou fazer o que Sofia disse: seguir em frente. Não posso ficar fugir à realidade e ela abandonou-me.»

«Está bem. Fico à espera que me ligues. Um beijo», respondeu Catarina.

«Talvez esteja a optar pelo mais fácil. Optamos sempre pelo caminho mais fácil, mas Sofia não me dá muitas hipóteses. Devo ficar ao lado de Catarina para que a gravidez corra bem», pensava Tomé para com os seus botões.

Tomé caminhou pela praia até chegar ao carro. Entrou, sentou-se, encostou a cabeça no banco e ficou ali durante vários minutos a ouvir música. Pegou no telemóvel e ligou a Catarina.

– Estou?

– Olá, Catarina! Como te sentes?

– Estou bem. Sabes, uma gravidez não é uma doença.

– Sim eu sei.

– Acho que é uma experiência nova e passou tão pouco tempo para que me possa sentir mãe. Além disso, algo pode correr mal... Posso abortar...Já aconteceu a tanta gente infelizmente – Catarina tinha medo de ser descoberta e preparava o terreno.

– Não digas asneiras!

– Estou a ser realista. Pode acontecer.

– Não penses nisso! Apenas tens de ter um pouco mais de cuidado. Agora não podes pensar só em ti.

– E eu tenho cuidado, fica descansado.

– Ainda bem.

– Onde queres ir jantar?

– Não sei, escolhe tu! O mais importante é estar contigo.

– Catarina, eu aceitei jantar contigo porque estás grávida de um filho meu. E sei que também temos muito para conversar. Até podemos voltar a ser o que éramos antes, mas temos de ir com calma, um dia de cada vez. Não peças tudo de uma vez só. Não vou aguentar.

– Está bem, um dia de cada vez – respondeu Catarina.

– Estava a pensar em ir jantar a um restaurante que fica na Ribeira. Parece-te bem? – perguntou Tomé.

– Sim, por mim pode ser. Costumas ter bom gosto. Por isso confio.

– Está bem. A que horas queres que te vá buscar?

– A partir das 19h30 para mim está bem.

– Está combinado. Eu passo em tua casa. Um beijinho.

Catarina desligou o telemóvel e deu um salto de alegria. Tomé ia jantar com ela, como nos tempos de namoro. Tudo podia voltar a ser como era dantes. Catarina tinha de partilhar esta alegria com alguém e resolveu ligar a Ângela.

– Olá, menina!

– Olá, Catarina! Está tudo bem?

– Parece que vai melhorar agora!

– Como assim?

– Vê se adivinhas com quem vou jantar logo?

– Não faço a mínima ideia.

– Faz um esforço! É graças a ti! O Tomé vai jantar comigo.

– Graças a mim!?

– Sim, fiz exactamente o que sugeriste; disse ao Tomé que estava grávida e desde então ele tem-se interessado mais por mim. E logo vamos jantar os dois.

– Que bom! Espero que tudo se resolva entre vocês.

– Sim, também espero. Nunca amei outro homem na minha vida.

112

– Agora tens de ter cuidado para não te descaíres sobre a gravidez. E assim que puderes fica grávida e casa com ele.

– Sobre isso confesso que não sei como vou fazer. Tenho medo. Não posso forçar Tomé a nada.

– E a outra mulher que estava com ele?

– Sobre isso não perguntei ainda nada. Mas acho melhor, não tocar no assunto por agora, não quero ser eu a forçar muito o barco. Só não sei como vou ficar grávida de verdade se ele não quiser nada comigo.

– Catarina, tu és uma mulher linda e os homens não resistem muito tempo a uma mulher! Para nós, mulheres, o importante é recebermos atenção e carinho. Para os homens, basta existirmos e o resto acontece. Agora e estás grávida e com desejos! Um desejo de leva-lo para a cama – disse Ângela rindo.

– Eu acredito. Segui o teu conselho e resultou na perfeição.

– Eu disse-te que ele não ia ficar indiferente à existência de um filho. Resulta desde há séculos! Quantas mulheres já não casaram com o seu grande amor graças a essa pequena mentira!?

– Sim, mas se o Tomé descobre que menti? Nunca mais me vai perdoar.

– Mas não vai descobrir. Quem sabe não ficas grávida de verdade ainda esta noite? Uma roupa mais provocadora, um bocadinho de perfume no sítio certo e o pensamento de que tens um filho dele na tua barriga é mais do que suficiente.

– Não me parece. Apenas vamos jantar e conversar. A conversa pode tomar um rumo indesejável.

– Isso já é um princípio para algo mais.

– Sei que agora é tarde para contar a verdade a Tomé, se o fizer ele nunca mais me vai perdoar. Por isso preciso levar esta história até ao fim. Agora vou ter de desligar, tenho de me pôr bonita para o jantar.

– Boa sorte!

Capítulo 15

Reencontro com Tomé

Catarina desligou e ficou a pensar no que Ângela tinha dito. Falar com ela dava-lhe confiança para seguir em frente com a mentira, mas o seu coração tremia só de pensar que Tomé podia descobrir. Seria o fim de tudo.

– Sei que não é justo – disse Catarina olhando-se ao espelho. – Mas o que é justo quando amamos? Deixar que o nosso amor vá embora sem termos uma segunda oportunidade? Deixar que o tempo cure todas as mágoas? E se o tempo demorar muito a curar?

– Uau, o tempo voa! Já são sete e meia e eu ainda assim por me arranjar! Tenho de me despachar! Tomé é sempre tão pontual.

Abriu as portas do seu guarda-fato e pensou no que ia vestir para ir ao jantar. Tinha de ser algo bonito. E enquanto olhava para a sua roupa lembrou-se do que Ângela lhe tinha dito ao telefone: «Uma roupa mais provocadora e um bocadinho de perfume no sítio certo.»

– É isso! Já sei o que vou vestir! – dizia para sim mesma.

Tirou de uma gaveta uma *lingerie* vermelha muito sexy e uma meia-calça preta. Depois tirou de uma cruzeta um vestido cinzento curto e vestiu-o, pegou num lenço e enrolou ao pescoço tapando um pouco o decote do vestido.

– Já só falta pentear-me e por perfume!

Entretanto recebia uma mensagem no telemóvel.

«Já estou cá em baixo à tua espera.»

– Tenho que me despachar!

«Desço já. Cinco minutos», escreveu.

Penteou-se e maquilhou-se. Olhou-se uma vez mais ao espelho e achou que estava pronta. Pegou num casaco comprido e saiu ao encontro de Tomé.

Assim que avistou o carro de Tomé respirou fundo e foi ao seu encontro. Ao chegar perto do carro bateu no vidro e sorriu.

– Entra! – disse Tomé.

– Olá! Desculpa o atraso.

– Olá, Catarina! – disse Tomé cumprimentando-a com dois beijos na cara. – Não demoraste muito tempo.

– Sim, mas sei que não gostas de esperar.

– Estava entretido a ouvir uma música.

– Estás com um ar cansado.

– Achas?

– Sim, nota-se um bocado. Muito trabalho?

– Tenho feito algumas maratonas no trabalho e tido uns dias muito longos. Mas esta história de ser pai agora mexeu com o meu sono.

– Acredito que sim. A mim aconteceu o mesmo, tenho dormido menos e acordado muitas vezes.

– Vamos?

Tomé desviou a conversa e Catarina apercebeu-se ele mudou com a notícia que lhe tinha dado, mexeu muito com ele.

– Sabes, estava a olhar para ti a ver se podia notar algum sinal da gravidez, como a barriga maior, mas não me apercebo de nada! – Catarina engoliu em seco.

– Isso é impossível, só estou de dois meses!

– Claro, tens razão. Estas coisas demoram o seu tempo.

– Há mulheres que conseguem levar uma gravidez até aos seis meses sem que se note a barriga maior.

– Sim, já ouvi dizer.

– Basta ter mais cuidado com a alimentação e fazer algum desporto, nem que seja caminhar!

– Bem, isso já não será o teu caso.

– Porque dizes isso? – perguntou repentinamente Catarina.

– Porque tu adoras doces e com a gravidez é provável que tenhas mais desejos!

Catarina respirou de alívio ao ouvir a resposta de Tomé. Receava que ele tivesse a duvidar da gravidez. Tinha mesmo de engravidar, como disse a sua amiga Ângela.

– Chegamos – disse Tomé.

– A última vez que aqui estivemos foi numa noite de S. Valentim.

– Eu lembro-me. Esperámos por uma mesa quarenta e cinco minutos.

– E será que hoje tem assim tanta gente?

– Não te preocupes, eu hoje reservei. Não cometo duas vezes seguidas o mesmo erro.

Tomé deixou o carro no parque de estacionamento e ao lado de Catarina subiu as escadas para o restaurante. Esperaram à entrada pelo empregado.

– Olá, boa noite! – disse o empregado.

– Temos uma mesa reservada em nome de Tomé Oliveira.

– Com certeza. Façam favor de me acompanhar. – O empregado acompanhou-os até à mesa que lhes estava reservada e entregou a lista da ementa.

– Voltar a este restaurante é como voltar atrás no tempo – comentou Catarina.

– Às vezes é bom voltar atrás no tempo.

– Obrigada por teres aceitado jantar comigo.

– Não precisas de agradecer. Também queria estar contigo. Estás grávida de um filho meu e isso faz toda a diferença. Temos que pensar como dois adultos e não como crianças orgulhosas.

– E vieste só por causa da gravidez?

– Não só, mas ambos sabemos que essa é a principal razão de eu estar aqui agora. Estares grávida muda tudo.

– Isso quer dizer que voltámos a namorar?

– Eu não disse isso. Mas também não disse que não.

– Pois, porque estás a namorar com aquela mulher que estava contigo no *shopping*.

– Não. Estava mas já não estou. Quer dizer, nem sei se algum dia namorámos.

– Como assim?

– Eu e a Sofia saíamos juntos e passámos momentos... mas nunca assumimos nenhum namoro. Ela decidiu afastar-se quando lhe contei que estavas grávida.

– Contaste-lhe!?

– Claro que sim, não havia razão para lhe esconder esta gravidez ou mentir. Tinha de lhe contar a verdade.

– Gostas dela?

– Ela merecia saber a verdade. Gostar dela ou não, não era razão para que não ficasse a saber a verdade. Podia não ter contado nada, uma vez que ela não tinha nada a ver com isto, mas preferi abrir o jogo. Para quê mentir. Seria apenas adiar um problema.

– Já escolheram? – interrompeu o empregado.

– Sim, para mim vou querer um salmão grelhado. E tu Catarina?

– Eu vou comer a mesma coisa.

– E para beber?

– Pode ser água, por favor.

– Muito bem – disse o empregado retirando-se.

– Não vais beber vinho? – admirou-se Catarina.

– Hoje não me apetece muito. E como estás grávida não quero que caias em tentação.

– Obrigada pelo cuidado. Começas a tomar a responsabilidade de pai.

– Não precisas de agradecer.

Catarina pegou na mão de Tomé e olhou-o nos olhos dizendo:

– Amo-te muito, Tomé, e nunca te deixei de amar.

– Eu sei.

– Agora vamos poder ser uma família. Eu, tu e o nosso filho.

– Um dia de cada vez, Catarina. Ainda me estou a habituar à ideia de que vou ser pai.

– Também eu fui apanhada de surpresa, tal como tu. Mas agora confesso que estou contente por estar grávida. É algo novo.

– Dizem que as mães vivem a gravidez com mais intensidade de que os pais, talvez por sentirem uma nova vida dentro de si a crescer.

Catarina sentia-se triste por não sentir nada disso. Não queria falar muito da gravidez, apesar de saber que a gravidez tinha sido o bilhete de volta para os braços de Tomé.

– E o teu trabalho como está a correr? – perguntou Catarina.

– Tem corrido bem. Sinto que o meu chefe confia em mim e sinto que posso sempre fazer muito mais por mim e pela empresa. Amanhã vou ter uma reunião bastante importante em Ovar e espero trazer boas notícias!

– Ainda bem! Fico contente por ti.

O jantar foi servido e Tomé e Catarina iam saboreando o que tinham no prato, e foram falando sobre como tinham sido estes últimos dias separados. Por fim, pediram uma sobremesa e depois a conta.

– Estava mesmo bom – comentou Catarina.

– Também gostei muito! Vamos aproveitar o céu limpo e caminhar junto ao rio? – sugeriu Tomé.

– Pode ser.

Saíram do restaurante em direcção ao rio Douro, mesmo em frente ao restaurante. Enquanto caminhavam no enorme passeio em pedra Catarina discretamente chegou-se mais para Tomé, deu-lhe a mão e em seguida um beijo na cara. Queria beijá-lo, mas sabia que era muito arriscado para um primeiro encontro depois da separação. Teve medo.

– Está uma noite agradável para se passear! – disse Catarina.

– O Verão não tarda a chegar. E estas noites de Primavera têm sido muito agradáveis. Sente-se o cheiro das flores desabrocharem nos jardins. Vamos embora? Começa a ficar tarde.

– Sim, vamos. Eu sei que estás cansado.

– Obrigado por compreenderes. Amanhã vou ter um dia com muito trabalho e alguns quilómetros a fazer.

Os dois caminharam até ao carro. Com poucas palavras seguiram a viagem até casa de Catarina.

Tomé deixou Catarina à porta de casa e quando se despediram ela disse-lhe:

– Obrigada, mais uma vez, pelo jantar, Tomé. Estávamos a precisar de falar e este jantar foi muito bom.

– Ainda bem que gostaste. Fico contente por te deixar feliz.

– Sim, gostei mesmo muito. E agora que falámos sinto-me bastante mais leve, como se tirasse um peso da minha cabeça.

– Até amanhã e cuida bem do nosso bebé!

– Assim farei, fica descansado.

Catarina chegou-se mais perto do banco de Tomé e beijou-o nos lábios. Tomé sem forças para lutar deixou-se beijar, mas depois acabou por retribuir o beijo.

– Liga-me quando chegares a casa. Acho que estás muito cansado para conduzires sozinho.

– Não te preocupes, estou bem. Além disso, o carro sabe o caminho sozinho.

– Se estivesse sozinha em casa convidava-te a vires dormir comigo.

– Mas não estás e os teus pais ainda tinham um ataque. Até amanhã!

Tomé esperou dentro do carro que Catarina entrasse em casa em segurança, depois arrancou para casa, só queria deitar-se na sua cama e dormir.

«Já estou em casa. Dorme bem.» Tomé enviara uma mensagem a Catarina, como ela tinha pedido. Tirou a roupa e meteu-se debaixo do chuveiro para um banho rápido. Tinha de dormir bem e o banho ia ajudá-lo a relaxar.

«Adorei cada minuto passado ao teu lado. Adorei sentir novamente os teus lábios. Dorme bem», respondeu Catarina. Os dois a passo de caracol voltavam a seguir o mesmo rumo. Havia um amor de criança que gritava pela união dos dois.

Capítulo 16

O Acidente

Tomé estava a conduzir, regressava da reunião em Ovar. Estava inevitavelmente a pensar em Sofia, mas já tinha decidido que ia ficar ao lado de Catarina. Ia apoiá-la em tudo o que precisasse para que levasse a gravidez até ao fim sem problemas.

«Não posso alterar a decisão de Sofia, por mais que a ame e a deseje ao meu lado. Também não se abandona um filho, mas poderá alguém abandonar o verdadeiro amor?», pensava Tomé enquanto conduzia, com a música a tocar nas alturas.

Pensava em ter o seu filho nos braços. Como seria. «Não posso pensar nisso agora; tenho de chegar ao escritório para contar a novidade ao chefe.» A reunião em Ovar, mais propriamente em Cortegaça, tinha corrido bem. Ia ser construído um bloco de apartamentos e a empresa de Tomé teria a exclusividade de vendas. Além da projeção da imobiliária, a empresa onde trabalhava teria toda a exclusividade da venda, sem coocorrência por perto.

– De certeza que o meu chefe vai ficar contente, e a minha carteira também – dizia Tomé em voz alta.

Estava a seis quilómetros da portagem dos Carvalhos e a pressa de contar ao chefe a boa notícia era tanta fazia com que ultrapassasse os limites de velocidade. O telemóvel tocou.

– Estou sim? – respondeu Tomé. Era Catarina ao telefone.

– Olá, coisa boa! Por onde andas?

***

Sofia estava de serviço no hospital. Estava a ser um dia normal, fazendo a triagem dos pacientes nas Urgências.

– São cinco horas e pouco há serviço… Seria uma boa altura para lanchar… Vou comer qualquer coisa – disse Sofia à sua colega.

– Sim, podes ir. Parece que está tudo controlado. Para variar vai ser um turno muito calmo. Bem merecemos.

Sofia dirigiu-se ao elevador. Carregou no botão para o chamar ao seu piso. Era inevitável não pensar em Tomé e no que tinham vivido ali dentro naquele hospital e no interior do elevador. Por onde passava havia sempre uma lembrança de Tomé.

«Por onde andará ele?» pensou. Meteu a mão no bolso, pegou no telemóvel para ver se tinha alguma mensagem, mas nada.

«Ele deve ter desistido. Tal como pedi, ele seguiu o seu caminho. Ele bem me disse para eu ter cuidado com o que desejava. E eu pedi-lhe precisamente o contrário do que queria para mim», pensava.

As portas do elevador abriram-se e Sofia entrou.

«Tomé, sinto tanta a tua falta!» – disse Sofia, baixinho, com uma lágrima no olho, apoiava-se ao corrimão dentro elevador, sentindo uma fraqueza. Parecia que ia cair. Respirou fundo, limpou as suas lágrimas e dirigiu-se ao bar do hospital.

Não muito longe dali, Tomé continuava ao telemóvel com Catarina.

– Linda, estou neste momento a chegar à portagem e de seguida passo no escritório só para falar com o meu chefe e deixar umas coisas. Hoje podíamos ir jantar fora, tenho a certeza que consegui um bom negócio! Podíamos ir festejar!

– Que bom! – disse Catarina.

Distraído na conversa ao telefone, o telemóvel cai ao tapete do seu carro. De repente a viatura começou a perder o controlo, Tomé continuava a tentar apanhar o telemóvel, sem se aperceber que o carro estava a *fugir* para a esquerda, batendo na parte direita de um *BMW 520* que o estava a ultrapassar nesse preciso momento.

O carro de Tomé era projectado com toda a brutalidade para o lado esquerdo da auto-estrada, sofrendo logo de seguida um segundo impacto causado por outra viatura que seguia atrás dele, o que fez com que se despistasse e capotasse depois de ter embatido no *rail*. Todo aquele pedaço de chapa, parecia agora uma bola de ping pong a saltar no meio da estrada.

– Tomé? Tomé? Fala comigo! Que barulho é esse!? – Catarina ainda em linha entrava em pânico com todo aquele barulho, que ouvia do outro lado.

Por mais que Tomé quisesse responder não podia. Estava preso pelo cinto de cabeça para baixo, inconsciente, e prensado pelas chapas da frente da viatura.

– Estou? Tomé! Fala comigo!

A chamada acabou por cair, pois o telemóvel de Tomé também sofrera algumas pancadas.

Um condutor que vinha uns metros atrás, que assistira ao acidente ligou de imediato para o 112.

– Por favor, enviem uma ambulância para o quilómetro cinco antes da saída das portagens dos Carvalhos, no sentido Vila Nova de Gaia, Porto. Houve um acidente, que causou um choque em cadeia e há vários feridos! O homem não deve ter sobrevivido... Às cambalhotas que deu no ar. Várias viaturas bateram umas atrás das outras... È o caos... – dizia o condutor ao telemóvel olhando para todo o aparato à sua volta em pânico, com uma das mãos à cabeça.

– Mantenha-se em linha, por favor! Vou já enviar uma ambulância para aí! Mantenha-se calmo, já estamos a tomar todas as providências!

Em poucos minutos começou-se a ouvir as sirenes dos bombeiros e de ambulâncias do INEM.

Havia muita gente a sair das viaturas com ferimentos. A viatura da polícia também chegava ao local, tentando evitar mais acidentes, de seguida chegou uma viatura do INEM assim como mais uma ambulância, chegava ao local.

– Vai ser preciso cortar as chapas daquela viatura! O condutor está preso lá dentro – dizia o Comandante dos bombeiros de Gaia, dando instruções aos outros bombeiros.

Um bombeiro começava a retirar a porta e os vidros que se encontravam em cima de um condutor para libertá-lo, mas sem sucesso. Colocaram-lhe a mascara de oxigénio e continuaram com todas as precauções os trabalhos de desencarceramento.

– Comandante, a viatura de desencarceramento acabou de chegar!

– Faça-a a chegar até aqui, vai ser preciso cortar estas chapas!

– Mas cortar só não vai chegar. O risco de o fazer é imenso, ainda cortamos o homem em dois. Ele continua preso.

– Então que sugere meu Comandante?

– Temos de ir buscar ao carro com o expansor para levar as chapas ao seu lugar. Talvez assim consigamos, mas será sempre um trabalho delicado.

Tomé continuava inconsciente. O Médico do INEM verificava agora se o oxigénio estava bem colocado e ia medindo o pulso.

– Sra. enfermeira, traga-me uma ligadura para estancar esta ferida que não pára de sangrar!

– Aqui tem, doutor.

O médico rasgou a manga da camisa, pegou na ligadura e enrolou-a no braço, estacando o sangramento do lanho. Os bombeiros procediam ao corte de chapas da viatura, soltando o tecto e cortando as costas do banco do condutor

Era um vai e vem de ambulâncias. Os primeiros pontos de socorro chegavam ao local, orientados pela polícia, para começar a carregar as primeiras viaturas e para desimpedir a estrada. Mais de dez polícias estavam no local a tirar apontamentos sobre o acidente e orientar a entrada e a saída das ambulâncias e mantendo a ordem.

– Corte o cinto de segurança que não consigo soltá-lo! -Pedia um dos bombeiros no local.

– Antes disso quero que todos se agarrem ao homem, para não cair no chão.

– À minha ordem, corte!

– Um, dois e três! Pode cortar!

Tomé foi retirado da viatura, ao colo daqueles bombeiros ainda inconsciente, foi colocado numa maca com o médico sempre ao seu lado, e seguiu de ambulância para o hospital.

No hospital as enfermeiras e os médicos de serviço tinham sido alertados para a chegada de ambulâncias que transportavam feridos de um acidente de viação na A1.

– Eu sabia que isto estava calmo demais para o meu gosto! – disse Sofia.

Sofia pegou apenas num copo de água e desceu novamente para o seu posto de serviço. Quando lá chegou já estavam três enfermeiros reunidos com o enfermeiro-chefe e dois médicos a atribuir funções para a chegada dos pacientes.

– Quero que trabalhem hoje em equipas de dois – disse o enfermeiro-chefe. – Quero esta entrada desimpedida e sempre que alguém chegar tem de ser logo diagnosticado. Em equipa facilitará o diagnóstico. Ter em atenção a todas as informações que chegam, quer seja através dos enfermeiros do INEM, ou através dos bombeiros. Conto convosco!

Os enfermeiros preparam-se para o pior. Entretanto as portas abrem-se e chega um bombeiro com uma maca com um homem de 45 anos bastante ferido na cabeça.

– Sra. enfermeira, este doente teve um acidente de viação, não levava cinto e bateu com a cabeça no pára-brisas.

Logo atrás vinha mais uma maca com uma criança de dez anos, com uma tala no braço, gritando fortemente com dores. Sofia ficou com esse paciente e falou com o seu pai, que a acompanhava, para que tentasse falar com ela e acalmá-la, enquanto tratava dela. Primeiro cuidar das feridas depois fazer um exame mais profundo.

Levou-a ao piso número dois de imediato para tirar um raio-X e depois encaminhou-a para o médico de serviço.

– Por favor prepare o gesso para lhe colocar, tem o braço partido – disse o médico.

– Não poderei jogar à bola!

– Por enquanto não, mas os teus amigos vão poder escrever aí no teu braço coisas fixes – disse o médico ao rapaz.

– O rapaz já pode ter alta – disse o médico a Sofia.

Enquanto Sofia se dirigia para a entrada acompanhando o rapazinho entrou mais uma maca.

– Peço desculpa, mas tenho de ir.

– Muito obrigada!

– Sofia, preciso que este doente seja ligado às máquinas; já perdeu muito sangue, no local do acidente, e, contínua inconsciente – disse o médico.

– Tomé! – gritou Sofia. Uma outra enfermeira veio logo ter com ela, assustada. Sofia estava chocada, o homem que amava estava coberto de sangue e inconsciente, mesmo à sua frente. Ela não queria acreditar.

– O que aconteceu!? – quis saber Sofia.

– Foi vítima de um acidente de viação que estamos a tratar, cada vez são mais os que acabam de chegar; está gravemente ferido; não sei se sobreviverá.

Sofia pegou num bocado de gaze e limpou o sangue do rosto de Tomé. Uma outra enfermeira que veio em socorro dos seus gritos ligava agora à maquinas do hospital substituindo pelas maquinas do INEM.

– Tomé, eu amo-te! Desculpa não o ter dito mais cedo, desculpa não o ter dito mais vezes! – gritava Sofia.

O medico observava-o e colocou no soro um medicamento.

Tomé, entretanto, abriu os olhos e ficou espantado com tanta a gente à sua volta.

– Já está a reagir! – observou o médico.

– Tomé, estou aqui – disse-lhe Sofia, baixinho.

– Sofia! Onde estou?

Tomé tentou levantar-se mas depressa foi impedido pelos médicos e enfermeiros que o rodeavam.

– Acalma-te, precisas te acalmar.

– Meu anjo… Vieste buscar-me, estou morto – balbuciava Tomé.

– Tiveste um acidente, estás no hospital.

– Não me abandones outra vez, Sofia.

– Não te abandonarei, prometo.

As suas mãos cerravam-se fortemente tentando alcançar Sofia e de repente o coração de Tomé deixou de bater. Deixando-se cair novamente na maca.

– Estamos a perdê-lo, temos o reanima! – disse o médico.

Uma vez, duas vezes e Tomé continuava sem pulsação. –

– Tomé, não me abandones por favor! – gritava Sofia.

– Uma vez, duas vezes, três! – dizia o médico.

O médico insistiu e conseguiram reanimar Tomé. Depois fizeram-lhe alguns exames e ele foi encaminhado para um quarto onde ficou sob observação.

Sofia nunca mais o abandonou. Queria estar ao seu lado para que nada lhe faltasse. Já tinha pedido a Cláudia para que ficasse com Inês, uma vez que iria passar a noite no hospital com Tomé. Segurava a sua mão, acariciava-a e olhava para ele. Sofia tinha lido que as pessoas quando estavam inconscientes conseguiam ouvir quem estivesse a seu lado. De repente ouviu alguém lá fora:

– Inconsciente!? Como!?

– Como estava a dizer, o embate fez com que perdesse os sentidos. Ele esteve muito mal…

– Meu Deus! – dizia Catarina.

– Agora ele está em repouso e estamos a aguardar os resultados dos exames. As próximas vinte e quatro horas vão ser cruciais.

– Eu quero vê-lo!

– Não tenho autorização para que tenha visitas. Não é aconselhável, ele tem de repousar – explicou a enfermeira.

Catarina nem esperou que a enfermeira acabasse de falar. Correu pelo corredor até entrar no quarto onde estava Tomé. Por mais que a sua entrada fosse barrada, ela insistiu.

– Tomé!

Sofia que estava sentada na beira da cama, agarrada à mão dele que largou imediatamente, um pouco assustada.

Catarina aproximou-se. Pegou-lhe na mão e encostou-a ao seu peito, esperando que ele reagisse. Sofia ficou a observar Catarina que chorava ao ver Tomé naquele estado. Logo de seguida entrou a enfermeira atrás dela, pedindo a todo o custo que saísse, uma vez que não tinha autorização para entrar ali.

— Eu não vou sair daqui!

— Vai-me desculpar, mas tem de sair. Entendo o seu sofrimento, mas temos ordens do médico.

— Mas eu quero ficar ao lado dele.

— Se não sair terei de chamar o segurança. Ele precisa de descansar.

Sofia aproximou-se da colega para dar auxílio e virou-se para Catarina dizendo:

— Tem de entender o nosso papel, temos ordens para que o paciente repouse. Depois está grávida, não se pode exaltar. Não faz nada bem ao bebé.

Catarina não se queria acalmar, nem sair dali e exaltava-se cada vez mais perdendo o controle por completo:

— Eu não saio daqui! Ele precisa de mim ao seu lado. E fique descansada que eu não estou grávida! Não corro perigo.

— Não está grávida!?

— Não.

— Tem a certeza?

— Tenho. Porque insiste nisso? É algum pretexto para que saia!? – gritava.

Sofia ficou paralisada a olhar para Catarina, fazendo-se depois silêncio. Queria gritar com ela e chamar-lhe de mentirosa, mas apenas ficou, imóvel, a olhar para ela.

Catarina bloqueou e pensava consigo mesma que se devia acalmar. Porque estaria a enfermeira a perguntar se estaria grávida!?

— Vai-me desculpar mais uma vez, mas se não sair agora vou chamar o segurança.

— Ele vai ficar bem, não vai? – perguntou mais calma.

— Do que depender de nós, ele vai ficar bom. Vamos ter de aguardar resultado dos exames.

Catarina enquanto falava com a enfermeira sentia que a conhecia, mas não sabia de onde.

— Nós não nos conhecemos já? – perguntou Catarina.

— Sim, fomos apresentadas pelo Tomé há uns dias no *shopping*.

Cataria olhou para o nome que traia na bata. «Sofia» ela apercebia-se agora o erro que tinha cometido. Não devia ter dito aquilo em alta voz toda descontrolada.

– Então você é a Sofia de que Tomé falava. Já me lembro! Estava com ele e com uma menina pequenina.

– Sim, sou eu.

– Não sabia que trabalhava aqui, nem sabia que era enfermeira.

– Sim, trabalho aqui. E também sei agora que mentiu ao Tomé quando lhe disse que estava grávida dele. Foi apenas para que ele voltasse para os seus braços; sabia que ele nunca deixaria para trás um filho.

- Eu…

- Não sabe que a mentira tem perna curta.

– Fiquei desesperada quando o vi com outra mulher e a cada dia que passava sentia-o ainda mais longe de mim. Foi uma amiga que me que me aconselhou a dizer-lhe que estava grávida. Não queria, mas não via outra alternativa.

– O que fez foi muito feio; se o amasse nunca faria isso. Ele não merecia que lhe mentisse e virasse a vida dele ao contrário. Agora está deitado naquela cama. Não sabemos se algum vai recuperar.

– Antes pelo contrário; fi-lo porque o amo muito e não o quero perder.

– Mas Tomé merece saber a verdade! Cabe-lhe a ele escolher. Tem direito de escolher quem ama.

– Não lhe pode contar nada, por favor! Tomé nunca mais me perdoaria se soubesse que lhe menti.

– Devia ter pensado nisso antes.

– Por favor, não lhe conte nada.

– Eu não lhe direi nada. Quem tem de lhe contar quando ele recuperar é você. Mas se não o fizer, eu mesma contarei!

– Não pode fazer isso!

– Posso sim e é o que farei se não tiver a coragem de lhe dizer!

Sofia virou costas e saiu do quarto, deixando Catarina a falar sozinha. O plano que tinha montado para ficar com Tomé acabava de ir, por, água abaixo.

– Agora vai ter de sair – pediu a outra enfermeira.

– Já estou a sair. O mais importante é que ele fique bom.

Catarina antes de ir embora aproximou-se um pouco mais de Tomé e deu um beijo nos lábios.

– Peço desculpa, estava de cabeça perdida – disse.

– Não tem mal, já passou. Compreendo que possa perder a cabeça perante uma situação destas. Mas o que fazemos aqui é respeitar as ordens dos médicos para que os pacientes possam repousar e recuperar.

– Eu sei. Mais uma vez desculpe.

Catarina saiu do hospital de rastos. Sabia que os dias que se aproximavam não iam ser fáceis. Tomé estava ainda inconsciente e podia demorar a recuperar e isso doía-lhe imenso. Por outro lado tinha de contar a verdade sobre a gravidez, senão Sofia iria fazê-lo. Tinha-lhe garantido isso. Catarina tinha medo de o perder por causa da sua mentira, mas tinha mais medo ainda de Tomé não recuperar do estado em que estava. Seria por causa da sua mentira que tivera este acidente. Ele andava muito cansado, não dormia muito bem.

Capítulo 17

Toda a verdade

Tomé estava há três dias no hospital. Foi detectado apenas um pequeno traumatismo craniano. Estava agora a recuperar de dia para dia.

– Ora vejamos como está o nosso doente hoje – disse o médico ao chegar aos pés da cama de Tomé. Viu os exames e as anotações do dossier que a enfermeira lhe tinha dado.

– Como se sente?

– Sinto-me bem. Um pouco perdido, com tudo o que aconteceu. Parece mentira. E farto de estar preso a esta cama – respondeu Tomé.

– Mas, acho que se deve dar por muito feliz. Teve muita sorte em sobreviver! Quando aqui chegou vinha mais morto que vivo.

– Eu sei. Só tenho de agradecer o que fizeram por mim.

– Ora essa! É o nosso trabalho! Infelizmente nem sempre as coisas correm bem! – disse o médico.

– E quando me posso ir embora?

– Vamos fazer só mais um exame e amanhã deve ter alta.

– Ainda bem!

– Hoje pode ter visitas, o que lhe vai fazer bem! Até mais logo!

Tomé pegou numa revista e começou a folheá-la, mas sem deixar de pensar no acidente. Mas por mais que tentasse não se conseguia lembrar de muita coisa. Lembrava-se de estar a falar ao telemóvel e de ouvir um barulho, lembrava-se de sentir um impacto e depois tinha uma imagem gravada na sua cabeça de Sofia a pedir que não o abandonasse. Mas nada disso parecia real, como se tivesse sonhado enquanto estava inconsciente.

– Aqui está a sua medicação. – A enfermeira interrompia os pensamentos de Tomé.

– Muito obrigado.

– Diga-me, por favor, Sra. Enfermeira: sabe dizer-me se a enfermeira Sofia está de serviço hoje nas Urgências?

– Tenho de ligar para lá a perguntar.

– Faça-me esse favor.

– Não me custa nada. Daqui a pouco, quando acabar de dar a medicação aos pacientes, ligo para lá.

Tomé agradeceu.

«Se pudesse, tirava estes tubos e fios que me prendem a esta cama e ia procurá-la. Tenho tantas saudades!», pensava Tomé.

Encostou-se sobre a travesseira, deixando-se levar pelo efeito da medicação e adormeceu. Quando a enfermeira chegou com o recado que Tomé lhe tinha pedido, ele já estava a dormir. A enfermeira decidiu não o acordar.

Nos seus sonhos Tomé ouvia novamente o barulho dos carros a bater uns nos outros, ouvia a sirene das ambulâncias e novamente o rosto de Sofia pedindo que não a abandonasse.

- Sofia... murmurava Tomé.

– Tomé? Calma, Tomé! Pareces assustado? – disse Catarina.

– Estava a sonhar. Já estás aí há muito tempo?

– Há algum, mas não quis acordar-te.

– Esta medicação deixa-me de rastos; só me apetece dormir.

– E como estás?

– Sinto-me bastante melhor.

– Eu estive cá na noite do dia do acidente. Não me queriam deixar entrar, mas eu tinha de te ver e acabei por entrar na mesma.

– Não devias ter feito isso.

– Quando entrei e te vi arrepiei-me toda. Estavas imóvel ai deitado na cama, ligado às máquinas e cheio de feridas. Parecias morto. Dizem que foi uma sorte, teres sobrevivido.

– A enfermeira contou-me tudo hoje de manhã. Não me lembro de quase nada. Pelo que dizem, estive inconsciente durante dois dias.

– Sim, é verdade. Eu estive cá ontem, e, não deste conta de nada. Senti-me tão impotente por não poder fazer nada.

– Peço desculpa pela preocupação que te causei.

– Não tem mal. O importante agora é que estejas bem.

– E o bebé? Como está? – Catarina ficou em silêncio sem saber o que dizer, mas foi salva por uma enfermeira que entrou no quarto com o almoço de Tomé.

– Já vi que já acordou! Aqui está o seu almoço. Tem de comer tudo.

– Obrigado, eu vou comer tudo.

– Vou aproveitar enquanto almoças para ir lá abaixo tomar um café e já venho ter contigo.

– De certeza que não queres comer um pouco comigo?

– Não, eu já almocei há algum tempo. Tu é que ainda estás com os horários um pouco trocados. Dormiste até tarde.

– Está bem, vai lá então.

Catarina saiu do quarto deixando Tomé a almoçar. Era uma oportunidade para fugir à sua pergunta. Sabia que tinha de contar a verdade, mas talvez ainda não fosse a ocasião ideal. Talvez devesse deixar que Tomé saísse primeiro do hospital e, se as coisas se proporcionassem, talvez conseguisse engravidar de verdade. Para isso tinha de esperar que Tomé ficasse completamente recuperado e ficasse longe de Sofia, para que ela não tivesse oportunidade de contar a verdade.

«Como é duro estar nesta posição! Sinto-me tão dividida entre o certo e o errado. Queria tanto voltar atrás e fazer tudo de maneira diferente!», pensava Catarina.

Tomou o seu café e voltou a subir no elevador e a entrar no quarto de Tomé.

– Então, já comeste tudo?

– Sim, não estava nada especial, mas teve de ser.

– Sim, tens de fazer um esforço para recuperar.

– Afinal não estás nada mal! Para quem teve um enorme acidente, até parece que estás de férias a namorar e tudo! – disse uma voz.

– Alfredo! Que fazes aqui? – disse Tomé.

– Vim ver-te! Para que servem os amigos?

– Obrigado, pá! Como vão as coisas lá pelo escritório?

– Está tudo bem; o chefe sempre a pedir mais e os clientes sempre a fugir, mas isso não é importante agora. Como te sentes?

– Estou pronto para outra.

– Não digas isso! Pregaste-nos cá um susto!

– Sabes Alfredo, num minuto senti que me tiraram o chão! Tinha tudo controlado e numa fracção de segundos foi como se tudo à minha volta se apagasse. Passei a ver tudo o que acontecia comigo mas do lado de fora, como se assistisse a um filme. Cheguei a pensar que a minha vida tinha acabado naquele instante, ali.

– Acredito. Sempre que, lá do escritório, tentámos saber alguma sobre ti davam-nos uma informação diferente! Foste dado como morto por duas vezes!

– Mas ainda não foi desta que se livraram de mim! – Riu Tomé´.

– Não digas asneiras, pá! Estamos todos à tua espera e queremos que regresses o mais rápido possível.

– É bom saber isso!

– Peço desculpa por interromper – disse uma enfermeira chegando ao pé de Tomé – mas hora das visitas já terminou.

Alfredo e Catarina despediram-se de Tomé e saíram. Ele ficou a ver televisão, deitado na cama, e depois foi servido o seu jantar. Tomou a medicação e antes que tivesse tempo para pensar em mais alguma coisa adormeceu novamente.

**

Tomé tinha dormido apenas três horas mas sentia que tinha dormido um dia inteiro. Levantou a cabeça e olhou à sua volta. Apesar de estar escuro, Tomé apercebeu-se de um vulto no quarto e quando seus olhos se habituaram à escuridão apercebeu-se de que esse vulto se preparava para sair.

– Sofia. Espera!

Como nas noites anteriores, Sofia tinha vindo ver Tomé. Sabia que ele estava melhor, mas não esperava que fosse surpreendida por ele. Ficava ali alguns minutos em períodos diferentes. Verificava que estava tudo bem, e depois ausentava-se sem que Tomé desse pela sua presença.

– Olá, Tomé.

– Olá, Sofia. Que bom que é ver-te novamente! Nem imaginas quanto!

– Também é bom ver-te assim já recuperado. Sobretudo depois da forma que eu te vi entrar neste hospital…

– Eu sei, já me contaram.

– Pensei que te perdia para sempre.

– Diz-me, Sofia: sonhei ou agarraste-te a mim quando estava na maca a pedir que não te abandonasse?

– Não sonhaste. Lutei com todas as forças para te agarrar à vida.

– Tenho presente essa imagem do teu rosto à minha frente a chamar por mim. Mas cheguei a pensar que tinha apenas sonhado com isso.

– Estive sempre ao pé de ti.

– Porque te ias embora agora?

– Estou de serviço nas Urgências. Passei por cá só para ver como estavas, não queria acordar-te.

– Esperei todo dia que entrasses por essa porta para me vires ver. Ainda pedi à enfermeira para ver se estavas de serviço, mas depois acabei por adormecer. Quando acordei estava na hora das visitas.

– Teria vindo, mas não queria cruzar-me aqui com a tua namorada.

– Uma coisa não tem nada a ver com outra. As coisas tomaram um rumo que não foi o desejado, mas não temos de virar as costas um ao outro.

– As coisas nem sempre acontecem como nós queremos.

– E a pequena Inês como está?

– Está bem. Falou em ti, mas não quis dizer nada por agora para ela não ficar preocupada.

– E tu?

– Eu estou a pensar ir até Lisboa durante uns dias para repousar um pouco. A Inês precisa de ver os avós e eu preciso de descansar.

– Sim, tens esse direito.

E de repente Sofia foi interrompida por uma enfermeira que entrou no quarto à sua procura.

– Tens de descer às urgências. Está um caos!

– Já estou a ir! Tenho de ir, Tomé. As melhoras!

– Obrigado… meu anjo.

Sofia saiu a correr e Tomé queria ter podido dizer «não vás!» ou, simplesmente, dizer que voltasse assim que pudesse.

Tomé ficou com os olhos fixos na porta à espera que Sofia voltasse e acabou por adormecer.

– Muito bom dia! Aqui está o seu pequeno-almoço – disse a auxiliar que chegava ao quarto com o seu pequeno-almoço.

– Como se sente hoje, Sr. Tomé?

– Agora que estou a tomar o meu pequeno-almoço, sinto-me melhor!

– Ainda bem! O médico está a chegar e vai ver o resultado do exame de ontem e se estiver tudo bem vai ter alta.

Entretanto chegava o médico.

– Pelas vossas caras estavam à minha espera – disse ele enquanto entrava.

– Estávamos apenas a prever o futuro! – respondeu a enfermeira rindo.

– Diga-me como se sente, Tomé.

– Estou bem. Já sinto menos dores. Sei que ainda não estou a cem por cento, mas posso recuperar melhor em casa.

– Deixe-me ver os exames, enfermeira Matilde!

O médico olhou para os exames e depois auscultou Tomé.

– Está a recuperar muito bem! Mas se lhe der alta tem mesmo de ficar em casa a repousar!

– Eu sei.

– Muito bem! Assim sendo tem alta. Tenha cuidado consigo!

– Muito obrigado.

Tomé estava felicíssimo por deixar o hospital. Se tivesse forças tinha saltado de alegria.

Arrumou as suas coisas, trocou de roupa e em menos de meia hora estava pronto a sair. Uma enfermeira acompanhava-o.

– Queria-lhe pedir apenas mais um favor.

– Claro! Se puder.

– Queria que ligasse para as Urgências para saber se a enfermeira Sofia está de serviço.

– Está bem. Dê-me um minuto.

A enfermeira ligou para as Urgências e Tomé ficou à espera.

– Ela já saiu. Esteve a fazer noite, mas já saiu. Pelo que me disse a colega, ela entra mais logo às três e depois vai de férias. Quer deixar recado?

– Muito obrigado. Não, eu mesmo ligarei. Uma vez mais, muito obrigado.

Tomé saiu do hospital com os olhos no chão. Queria ter-se despedido de Sofia. Não sabia quando voltaria a vê-la. Tomé enviou uma mensagem a Catarina.

«Olá. Já tive alta, vou agora para casa. Alguma coisa, passa por lá.»

Catarina ainda estava em casa e ao ver a mensagem respondeu de imediato.

«Ainda bem. Queres que te vá buscar?»

«Não, obrigado. Eu já chamei um táxi.»

«Nesse caso, encontramo-nos em tua casa daqui a pouco.»

Tomé entrou dentro do táxi e seguiu para casa. Foi fixando o hospital com um olhar triste. Queria ter tido a oportunidade de falar com Sofia. Ela preferiu ir-se embora. Tudo voltava ao normal. Sofia tinha ido embora, e Catarina esperava por ele.

– Obrigado. Fique com o troco.

Abriu a porta de casa, respirou fundo e fechou a porta.

– Como é bom estar de novo em casa!

Encostou o seu saco ao sofá da sala e foi para o quarto para se deitar um pouco e repousar. Ordens restritas do médico. Tinha que as cumprir agora. Pouco tempo depois ouviu bater à porta.

«Deve ser Catarina», pensou. Arrastando as pernas de cansaço Tomé foi abrir.

– Olá, meu amor! – disse Catarina.

– Olá! Se chegavas mais tarde cinco minutos já estava a dormir.

– Ias te deitar?

– Sim, o médico disse-me para repousar.

– Claro que sim! Anda cá que eu vou cuidar de ti. Faço-te carinhos enquanto adormeces.

– Olha que me posso habituar! – disse Tomé rindo.

Tomé deitou-se na cama e Catarina deitou-se com ele e colocou a cabeça dele no seu colo e foi-lhe passando a mão pelos seus cabelos lentamente.

– Estás mesmo a precisar de repousar.

– Dormi mal esta noite.

– Porquê? Sentiste dores?

– Não, mas acordei sobressaltado. E quando olhei para o lado não estava sozinho; a Sofia estava no meu quarto. Tinha-me ido ver. Fiquei à conversa com ela… durante alguns minutos.

Catarina parou a espera que Tomé dissesse alguma coisa.

– E sobre o que conversaram? E o que disse ela?

– Ela contou-me tudo.

– Contou?

– Sim.

– Então já sabes que não estou grávida. Ela disse-te! – Catarina levantou-se da cama e elevava a voz, um pouco descontrolada. Ela não podia perder uma oportunidade de se vingar.

– Se vingar. Como assim!?

– Ela descobriu no dia do teu acidente que eu não estava grávida, quando entrei à força no teu quarto; eu não sabia que ela era enfermeira! E ameaçou-me que se não contasse a verdade, ela mesmo te contava!

Tomé ficou a olhar para ela sem saber o que dizer. Queria perceber o que se estava a passar. Entrou na conversa de Catarina para tentar saber um pouco mais.

– E o que disseste?

– Eu não disse nada. Estava à procura das palavras certas para falar contigo, com mais calma. Saíste hoje do hospital e não houve muito tempo para falarmos. E ela nem respeitou o teu estado, foi logo a correr contar-te tudo! Eu não podia contar-te isso ontem!

– Então sempre é verdade o que dizes?

– Sim.

– Não estás grávida!?

– Não, Tomé, peço desculpa. Infelizmente não estou grávida.

– Porque mentiste!? O que te passou pela cabeça!?

Tomé levantou-se cambaleado e todo enervado.

– Estava de cabeça perdida e quando te vi com outra mulher naquele dia no *shopping* senti que te podia perder para sempre. Depois falei com a Ângela e ela disse-me que se queria ter-te de volta a única solução era dizer que estava grávida.

– Como pudestes fazer isso!? Tu não és assim! Conheces-me melhor que ninguém.

– Cada vez que olhava para mim ao espelho sentia que não era eu. Não queria viver numa grande mentira, mas foi a mentira que te tinha trazido de volta para os meus braços! Tive de arriscar! Por favor, perdoa-me?

– Mas tu conheces-me! Sabias que não te perdoaria quando descobrisse!

Catarina ajoelhou-se aos pés de Tomé implorando que lhe perdoasse, dizendo que tudo o que fez foi uma prova de amor por ele. Pedia que compreendesse que o amava. Pedia que aceitasse o seu erro e que não voltaria a mentir.

– Se a Sofia não te tivesse contado! Eu esperava poder engravidar de verdade!

– Deixa Sofia fora disso! Ela não tem culpa de nada. Ela não me contou nada. Estou a saber a verdade agora por ti. Tu fizeste com que ela se afastasse de mim! Nem sei se me quer de volta!

– Vais voltar para ela?

– Sim, Catarina! É o que eu quero! Eu apaixonei-me por ela. Voltei para ti por causa de um filho que nunca existiu e acabei por magoá-la.

– Por favor, Tomé, não me deixes! Eu amo-te – dizia Catarina desesperada.

– Por favor, vai-te embora da minha casa! Entre nós está tudo acabado!

– Não, Tomé, não me mandes embora!

– Já mandei. Eu vou ter de sair.

– Onde vais!? Tens que repousar!

– Não te preocupes. Sobrevivi ao acidente por alguma razão; não vou morrer agora. Sinto que me deram uma segunda oportunidade para ser feliz. Pedi tanto uma segunda oportunidade e parece que Deus me ouviu.

– Eu não me vou embora! Vou ficar aqui do teu lado. Por mais que me odeies, o meu amor por ti é infinito. E quero que entendas que se inventei esta gravidez foi como uma cartada para não te perder.

– Se essa foi a cartada, deixa-me dizer-te que jogaste muito mal e muito sujo.

Enquanto Catarina se agarrava ao braço de Tomé, ele deu um esticão e saiu a em passo acelerado pelas escadas abaixo.

– Faz o que quiseres! Já não há nada em ti que me faça ficar. Eu já estou mesmo de saída. Não temos mais nada para conversar. Quando saíres fecha a porta! – gritou ele.

Tomé tinha um objectivo: encontrar Sofia antes que ela partisse para Lisboa.

Capítulo 18

Pedido de casamento

Tomé pôs o carro a trabalhar. Antes de arrancar decidiu ligar a Sofia.

«Não atende. Onde será que ela está? Tenho de me concentrar. Vamos por partes. Se não atende o telefone pode estar de serviço. Ou não me quer ver. Primeiro vou ligar ao hospital.»

– Estou sim? Por favor, passe-me às urgências; queria falar com a enfermeira Sofia.

– Quem devo anunciar?

– Tomé Oliveira.

– Só um minuto; vou estabelecer a ligação.

– Obrigado.

Tomé ficou a aguardar.

– Peço desculpa, mas ninguém está a atender o telefone. Quer deixar recado?

– Não, deixe estar. Ligo mais tarde.

«E agora?» pensou Tomé. Aguardou mais um pouco. «Tenho de me certificar que ela ainda não saiu do trabalho. Vou voltar a ligar para o hospital.»

– Estou sim?

– Muito boa tarde. O meu nome é Tomé Oliveira e liguei há minutos para falar com a enfermeira Sofia. Sei que ela não atendeu, mas precisava apenas que me confirmasse se ela está de serviço.

– Vou averiguar. Só um momento por favor.

Tomé estava a preparar-se para falar com Sofia e a pensar no que lhe ia dizer.

– Sr. Tomé, pelo que me disse a colega, ela está um pouco ocupada para o poder atender, mas vai estar de serviço até às oito.

– Muito obrigado. Salvou-me a vida! Muito obrigado mais uma vez.

Tomé fez mais uma chamada.

– Muito boa tarde! O Sr. Afonso está?

– Sim. Quem devo anunciar?

– Tomé Oliveira.

– Vou ver se ele o pode atender.

Tomé ficou a aguardar que o Sr. Afonso aparecesse ao telefone. Tinha uma ideia na cabeça e só seria possível realizá-la com a ajuda de Afonso. Passados alguns minutos ouviu-se do outro lado da linha:

– Sr. Tomé! Como está?

– Estou bem, obrigado. E o Sr. Afonso?

– Sempre pronto para voar.

– Era mesmo sobre isso que queria falar consigo! Disse-me que quando quisesse voar lhe ligasse. Pois bem, preciso de um favor seu.

– No que eu puder ajudar.

Afonso era dono de um pequeno *hangar* e tinha vários aparelhos de aviação, que alugava e que eram utilizados para pequenos cursos de pilotagem, saltos de pára-quedistas e até mesmo para publicidade.

– Preciso que me leve num avião para sobrevoarmos um edifício e queria afixar uma faixa com algo muito pessoal escrito.

– Podes contar comigo!

– Óptimo! Eu sabia que podia contar consigo. A que horas preciso de estar aí para descolarmos?

– Mas isso é para hoje!?

– Convinha! O mais depressa possível.

– Pode ser daqui a uma hora? Parece-lhe bem?

– Irei já para aí! – respondeu Tomé.

Estava tudo muito bem planeado na cabeça de Tomé. Não ia voltar atrás. Mas para ser perfeito faltava uma coisa.

– Boa tarde! Queria saber quantas rosas vermelhas tem – disse Tomé ao entrar numa florista.

– Boa tarde. Não sei de cor, mas deixe-me ver... umas cinquenta.

– *Ok*. Eu levo-as todas.

– Mas quer que faça um arranjo?

– Não, apenas ponha uma fita à volta delas.

Tomé pagou as flores, dirigiu-se ao *hangar* do seu amigo que ficava num aeródromo.

– Sr. Afonso, boa tarde! – disse Tomé ao chegar perto do seu amigo.

– Olá, Tomé! Já vi que trouxeste flores! Vão connosco?

– Sim, eu explico-lhe pelo caminho.

– Muito bem! Preciso que ponha o pára-quedas para males maiores e estamos prontos para a viagem. Já tenho a faixa que pediu.

– Obrigado. Só falta escrever o que eu quero!

– Veja lá o que vai escrever! Ainda vamos presos!

– Fique descansado!

Tomé pegou num marcador preto e escreveu uma frase.

– Agora sim, estamos prontos! Vamos a isto! – disse ele enquanto entrava na avioneta. Tinha a pernas a tremer e o coração a bater descontroladamente. Já tinha feito salto de paraquedas, mas estava um pouco enferrujado.

Sentou-se e apertou o cinto e viu a avioneta a dirigir-se para a pista. O Sr. Afonso tomou posição, pediu autorização para levantar voo e depois descolou a toda a velocidade. Tomé fechou os olhos respirou fundo e disse:

– Que seja o que Deus quiser!

– Já estamos no ar!

– Obrigado, Sr. Afonso!

Tomé pegou no telemóvel e escreveu uma mensagem.

«Sei que no amor há momentos de desespero e de loucura e eu sinto-me assim mesmo: um louco a precisar do seu medicamento para viver.»

Alguns segundos depois, não tendo obtido resposta, voltou a escrever outra mensagem.

«Sofia, este silêncio mata-me! Sabes que eu te amo. És o amor da minha vida. Casas comigo?»

Tomé ficou novamente à espera que Sofia visse a mensagem e respondesse. Na verdade, Sofia estava nesse exacto momento a pegar no seu telemóvel, pois já tinha ouvido o sinal de mensagem. Ao ler Sofia ficou sem reacção.

– Que foi? Bloqueaste a olhar para o telemóvel! Que aconteceu? – perguntou Manuela, uma colega de serviço.

– Pediram-me em casamento agora mesmo.

– Estás a brincar!? Por mensagem!? Bem, já vi pior! Mas podia ser mais original! Que vais responder?

– Nada, acho que não há nada a dizer.

– Nada!? Isso não é resposta! Ou sim ou não. Agora um homem tem que dar a cara quando quer casar. Não por telemóvel. Vou deixar-te com as tuas reflexões porque tenho de ir ver um doente – respondeu Manuela.

Sofia continuava ali sem saber o que dizer. Queria dizer que sim, mas ao mesmo tempo tinha medo. E enquanto pensava recebeu mais uma mensagem.

«Não quero viver sem ti, Sofia! Casa comigo!»

Sofia escreveu uma mensagem:

«Esperei tanto por este dia! Desejei tanto que este dia acontecesse, chorei tantas vezes na hora da partida e agora não sei o que dizer. Tenho medo que não seja verdadeiro.»

Sofia queria dizer sim, mas tinha medo. Sabia que agora nada havia nada entre eles que os impedissem de serem felizes. Sabia que Catarina não estava grávida. Se ela não o contasse, ele mesmo tinha prometido que o fazia.

«Diz que sim, que me amas, e o resto, improvisaremos!», escreveu Tomé.

«Tomé, sabes que te amo, mas talvez não seja o dia para responder. Como disse a minha colega, este pedido não soa a verdadeiro. Se ao menos estivesses aqui à minha frente.»

Tomé lia a mensagem lá nas alturas. Pedia ajuda aos céus, para que ela fosse tocada, pelo seu amor.

«Sofia, nunca há dias certos para amar, amamos e pronto! Eu amo-te e quero casar contigo! O que falta para ser o dia certo? Choverem pétalas de rosa?»

– Sofia, não vais acreditar! – disse Manuela correndo ao seu encontro.

– Que se passa agora?

– Acho que devias ir à entrada ou a uma janela!

– Porquê? – perguntou Sofia.

– Em vez de tantas perguntas, vai ver com os teus próprios olhos! – respondeu Manuela.

Depois de tanta insistência, Sofia aproximou-se da janela e viu pétalas de rosa a cair do céu e viu também uma avioneta a sobrevoar o hospital com uma faixa que dizia: «Sofia, casa comigo!» Ela não queria acreditar. Os seus olhos sorriam.

- É ele. – suspirou Sofia.

– Sabes, Sofia, nunca tinha visto ninguém a ser pedido em casamento tantas vezes no mesmo dia! Acho que subestimei a tua mensagem – disse Manuela rindo.

144

Tomé mandava uma última mensagem.

«Um dia disseste-me: se saltares eu salto. Pois bem, salta comigo para sempre. Casa comigo.»

Sofia lia a menagem.

– Que vais responder? Diz alguma coisa! Olha que se tu recusares, dá-me o número dele! Não é todos os dias que temos alguém a fazer uma coisa destas por nós!

– Então vais ter de esperar por uma próxima vez.

E Sofia escreveu: «Sim, mil vezes sim. Eu caso contigo. Mas volta rápido para mim!»

Sofia ia espreitando pela janela, enquanto a avioneta sobrevoava o hospital em círculos, mostrando a mensagem no ar para quem a quisesse ler. Cá em baixo as pessoas olhavam e sorriam pela loucura que se comete para dizer que se ama. O amor leva-nos a cometer loucuras.

– Sr. Afonso, parece que a minha viagem vai acabar mais cedo do que eu esperava!

– De que estás a falar!?

– Eu saio aqui! Tenho alguém à minha espera lá em baixo!

– És doido! É perigoso! – gritava Sr. Afonso.

– Sim, mas eu tenho pára-quedas. Eu sei que isto não estava previsto…Mas sei lidar com as alturas e com a morte…Já esperei tempo demais.

– Está bem, está bem! Mas vou ter de subir para que tenhas espaço no ar para pára-quedas se abrir. Não te esqueças que tens de puxar o cordão pouco depois de saltares!

Sr. Afonso começou a subir para ganhar altitude e depois procurou estabilizar a pequena avioneta.

– Muito bem, Tomé, podes saltar!

– Obrigado, Sr. Afonso, por tudo. Vemo-nos mais tarde!

– Boa sorte!

Tomé abriu a porta respirou fundo e saltou. Logo depois puxou o cordão e o pára-quedas abriu-se.

– Sofia! – gritou Manuela.

– Que foi?

– Ele saltou de pára-quedas! Acho que ainda casas hoje!

– Ele é mesmo doido! Mas é esta maneira de ser dele que me fez sonhar e amá-lo assim tanto.

Sofia sentiu um aperto no coração e saiu do corredor para se meter no elevador e ir ao encontro de Tomé. O medo percorria-lhe nas veias. Não queria que ele se magoasse ainda mais pelo amor que tinha por ela.

– Só espero que ele não se magoe! Está ainda tão fraco para estas loucuras, devia estar a repousar.

Mal o elevador parou e abriu a porta, Sofia saiu disparada em direcção à entrada do hospital com os olhos postos no céu na tentativa de avistar Tomé.

– Ali está ele! – gritava alguém no meio da multidão que assistia.

Sofia sentia-se envergonhada no meio de tanta gente. E apesar da alegria que sentia também receava que algo de mal acontecesse a Tomé. Ela olhava para cima com as duas mãos postas junto ao peito, como se rezasse aos céus.

– Aquilo sim, é amor! – dizia a enfermeira Manuela junto à janela do hospital.

Tomé, inexperiente, em vez de aterrar em frente à entrada, acabou por aterrar mais a baixo, no parque de estacionamento. Por sorte não havia muitos carros estacionados.

Tomé pisou o solo acabando por se enrolar por entre os fios e o pano do para quedas, e tentou a toda a força livrar-se dos fios do pára-quedas que o mantinham preso. O seu desejo era correr para os braços de Sofia. A força não era muita.

– Tomé!

– Sofia – chamava ele.

Antes de se conseguir livrar de todos aqueles fios e libertar-se do cinto já Sofia o abraçava, fazendo-o cair ao chão.

– Tu és mesmo doido!

– Sim, tens razão: eu sou doido por ti!

– Não precisavas de te atirar de pára-quedas para mostrar o teu amor por mim.

– Tive medo de que tudo o que fiz até aqui não fosse suficiente e quis que sentisses que por ti estava disposto a fazer qualquer coisa.

– Eu amo-te, Tomé! Se não o disse mais vezes foi por medo, mas o meu coração sempre te amou desde o primeiro dia. Eu é que não sabia isso. Mas deixei-te aproximares-te mais e mais e agora quando nos afastámos, senti tanto a tua falta!

– Mas agora não precisas de mais sentir a minha falta. Eu estou aqui para sempre. Pedi uma segunda oportunidade e não vou desperdiçá-la agora que a tenho.

– Terás todas as oportunidades do mundo, meu amor!

– Isso quer dizer que casas comigo?

– Sim, eu caso contigo.

Tomé beijou Sofia, cheio de felicidade e abraçou-a forte. Ali ao seu lado umas dezenas de pessoas olhavam admirados com a situação, mas contentes com o desfecho. Não era todos os dias que aparecia o príncipe encantado. Muito menos de avião. E das janelas do hospital os enfermeiros e médicos assim como alguns doentes batiam palmas…

FIM

Índice

www.ingramcontent.com/pod-product-compliance
Lightning Source LLC
Chambersburg PA
CBHW070934130626
46555CB00001B/433